KUWEI
酷威文化
图书 影视

# 凡是遇见，皆有深意

## Meet

康娜 | 著

江苏凤凰文艺出版社

图书在版编目（CIP）数据

凡是遇见，皆有深意 / 康娜著 . — 南京 : 江苏凤凰文艺出版社 , 2024.6
ISBN 978-7-5594-8292-1

Ⅰ . ①凡… Ⅱ . ①康… Ⅲ . ①散文集 – 中国 – 当代 Ⅳ . ① I267

中国国家版本馆 CIP 数据核字（2024）第 008509 号

## 凡是遇见，皆有深意

康娜 著

| 责任编辑 | 项雷达 |
| --- | --- |
| 特约编辑 | 郭海东　陈思宇 |
| 装帧设计 | 卷帙设计 |
| 责任印制 | 杨　丹 |
| 出版发行 | 江苏凤凰文艺出版社 |
| | 南京市中央路 165 号，邮编：210009 |
| 网　　址 | http://www.jswenyi.com |
| 印　　刷 | 天津鑫旭阳印刷有限公司 |
| 开　　本 | 880 毫米 ×1230 毫米　1/32 |
| 印　　张 | 7.75 |
| 字　　数 | 161 千字 |
| 版　　次 | 2024 年 6 月第 1 版 |
| 印　　次 | 2024 年 6 月第 1 次印刷 |
| 书　　号 | ISBN 978-7-5594-8292-1 |
| 定　　价 | 42.00 元 |

江苏凤凰文艺版图书凡印刷、装订错误，可向出版社调换，联系电话 025-83280257

# 序

## 小院多情,不肯放人

  陋室三间,半藏柴米半藏书。一方小院,一三五文耕笔稿,二四六课花读书。不闻门外尘世喧嚣,不汹涌于名利之域,在自己一番小天地里撇捺横竖,欣然忘形。

  石几,竹椅,芭蕉,蒲扇,庭院里,是青砖铺就的妥帖,是蔷薇满墙的惬意,午后日影斑驳,青山在门,白云当户,明月到窗,凉风拂座,心中无事,诗情满怀。

  院子可以不大,但方寸之间,都令人极为舒心,一几一榻,亦别有风情。窗户朝南而开,恰可赏缸中娉婷之清荷。夏日,碧枝擎伞,凉风袭来,一一风荷举,别有一番意境;若遇雨,倏然冷风飘洒,闻点滴敲檐,便独坐陋室,听室外风雨打叶,犹如天籁。

  年深日久的岁月里,总有些时光并不欢愉,你曾以为,在嚣嚣人群里可以万众瞩目,在攘攘名利中可以万丈光芒,于是将那风花雪月的事一推再推，直到有一天，你伤痕累累疲倦成泥，才知外面的世界终究不是自己的世界，那时，你已白雪满头、襟怀空落、夕阳独对。

只有一四方小院，长松落落，卉木蒙蒙，时而茂盛，时而凋零，美得如住在《诗经》里的那些草木，让你从人声鼎沸处退下来，呆看一朵花开。

观花木之茂盛，听檐下之松风，无论门外多么热闹，院子里总是一片清朗宁静。一方寸之地，任凭世事百转，亦可安放庞杂繁烦之际遇。卸下行囊，烹茶煮饭，装点空间，布置小院。即便十指沾泥，内心也和谐琳琅，自在轻盈。若友至，邀明月为馔，以闲花入茗，一盏雨前茶，一方端砚石，一张宣州纸，几笔折枝花，布衣素履，野味素食，不论富贵，往来者，皆乃人间高士。

耽于张潮的《幽梦影》：春听鸟声，夏听蝉声，秋听虫声，冬听雪声，无俗尘利欲之聒噪，耳根清净，得天地万物之真趣。小家小院，浮生偷得闲乐。心有千秋，清风自然来。独得一方安静，可于日常中沉思静悟，栖身的一方净土，安顿心灵之所在，抵抗命运中的平庸，获得生活的滋味。

思想起袁中道，深知仕不如隐，却无法决然弃之，购置杜园后，科举途中屡战屡败，向其弟中郎口吐无奈之言，"今弟年已四十余，升沉之事，已打课件，将从此隐矣"。虽是疲惫不堪，却依然举步前行，直至中举任官。居庙堂者，当足于功名，处山林者，当足于淡泊，归隐的想法，终归成了袁生心头的一粒朱砂痣。他心里，毕竟，竹篱茅舍，蓬窗陋户，敝裘短褐，粗菜粝食，比不过朱墙大户、宾客盈门的风光。

陈眉公却迥异。有客过陈眉公严栖草堂，问："是何感慨，而甘栖遁？"陈拈古句答曰："得闲多事外，知足少年中。"问："是何功课？"曰："种花春扫雪，看录夜焚书。"问："是何利养？"曰："砚田无恶岁，酒谷有长春。"问："是何往还？"曰："有客来相访，通名是伏羲。"有客问眉公："山中何景最奇？"眉公曰："雨后露前，花朝雪夜。"又问："何事最奇？"曰："钓同鹤守，果熟猿收。倒非境界高低，只是人各不同，对生活所需亦各异罢了。"

譬如，我等凡人，年岁渐长，不思进取，烦厌了花红柳绿之事，只愿图个清静之地，摆脱稻粱之谋、余财之诱，卸下姿态，遍植灵花，凿池引流，以物造境，读无用之书，吟无用之诗，赏无用之花，钟无用之情，玩便是玩，吃就是吃，不扭捏作态，不故作高深，随心而卧，不拘俗礼，不问世情。每至黄昏，斜阳高卧，绿苔于低处葳蕤，藤萝满墙，祛燥消热，只乘一人之快意尔！

然少年人正如朝阳初升、新硎发轫，头角峥嵘之时，切不可学。年少之时，心操锐志，以图达官显贵；年长则反，亦是自然法度。如今，有一院可居，吃酒看花，品茗对月，晴耕雨读，安神息心，赏禽鸟虫鱼之婉转，享天地万物之灵动，才算是给生命一个确切的交代。

# 目录

## 第一辑 凡留心处,日子最可人

| | |
|---|---|
| 人格温润,生活才不会干枯 | 002 |
| 人活着,是为了飘香 | 006 |
| 做个闲人,住进山里去 | 010 |
| 春三月,天地俱生 | 014 |
| 我的烟火小日常 | 018 |
| 平淡天真 | 022 |
| 心闲气静,精神美好 | 026 |
| 何必怨岁月,何必怪秋声 | 030 |
| 凡留心处,日子最可人 | 034 |
| 山中看雪,闲赏花 | 038 |

## 第二辑　紧是生活，慢才是日子

| | |
|---|---|
| 无事最可贵 | 044 |
| 与一杯茶对坐 | 048 |
| 一百个日子，就是一百个美好 | 052 |
| 平常，才是生活的真相 | 056 |
| 愿以素心待日常 | 060 |
| 内心有光，生活才如诗 | 064 |
| 日子淡淡地过 | 068 |
| 生活平平，万事亦平平 | 072 |
| 紧是生活，慢才是日子 | 076 |

## 第三辑　时间累积的哲学

干净而温和地活　082

凡是遇见，皆有深意　086

人就得活出个味儿来　090

红尘盛意，只要一处安静　094

活成明月松间照　099

低眉尘世，素心生花　103

与光阴深情相依　107

时间累积的哲学　111

老了，做一滴清水　115

## 第四辑　守住内心的低处

守住内心的低处　120

淡的滋味最浓　124

新花与旧物　128

静养淡泊之气　132

做一个最懂这个世界的看客　136

于声色外，精神自驰　140

心自在，四季都是良辰　143

于生活低处寻欢　147

往后的生活　151

## 第五辑　万般清雅，皆为闲适

一方小院，几许闲情　156

人最终都是孤独的　160

明月不减故人　164

万般清雅，皆为闲适　168

静里滋味长　172

内心愈安静，灵魂愈葱茏　176

吾之所爱，皆是平凡　180

在小日子里怦然心动　184

闲读养精神　188

人生富足，大抵如此　191

## 第六辑　人生百味，如何自得

生活的品相　196

有一种美好叫虚度时光　200

人生百味，如何自得　204

风高兴，雨高兴，人也高兴　208

这才是生活　212

心里不刮风，就是好日子　216

世态人情，可作书读，可当戏看　221

一粒静心，可抵四方飞尘　225

不必活得人尽皆知　229

活得高兴，才是人生大事　233

## 第一辑
## 凡留心处，日子最可人

"世间风景万千，终是抵不过内心的安宁与丰盛。人生最适意，莫过于不在风诡云谲的红尘里起起伏伏，在远山深处修篱种菊，有幽闲境可居，有相爱人可守，有欢喜事可做，在青山碧水之间，着布衣，种蔬米，不追名逐利，无繁华迷眼，将自己放还自然，归于山高水长。"

## 人格温润，生活才不会干枯

素来喜玉。玉清凉娴静，内敛包容，兼收并蓄，如风过池塘，荷动莲生香，总让人一见倾心。而翩翩君子、温润如玉、人格上好的君子也有异曲同工之妙。

玉在山则草木润。玉是静的，不躁不闹，不争不夺，其音清越，其质琅然。玉温润，不冷不烫，不燥不涝，散发着烟雾般的微芒，予人以养心悦目如沐春风之感。若经年盘玩，其色更纯粹，其质更加清透。

《国风·秦风·小戎》有曰："言念君子，温其如玉。"是说君子的性格谦和，就像一块温润的美玉一般。玉的质感，精光内敛，质厚温润，君子如玉，温润而泽，温文尔雅，谦和有礼，风度翩翩。

有着温润人格的人，待人处事不张扬，不谄媚，不耀眼，随和低调，犹如烈日当空时头顶的一把遮阳伞，风雪交加时冰天雪地的一件裘皮氅，让人感觉温暖舒服。

不论你傲如冬日冰霜，也不论你躁如釜中之蚁，在温润的人面前，都不由自主地卸下面具和伪装，安静下来，平心敛气，那份张皇、不安、焦灼、倨傲都似冰融于水，顿时消弭于无形。

据说南北朝时期的沈麟士就是个有度量的人，凡事皆看得宽。

有一次，邻人一口咬定沈麟士脚上穿的，正是他早几天丢失的那双鞋。沈麟士说："是您的鞋吗？"立即将鞋脱下给了邻人，自己赤着脚。过了不久，邻人发现是自己搞错了，又将鞋送还沈麟士。沈麟士说："不是您的鞋吗？"又笑着接过来，重新穿在脚上。苏东坡对沈麟士的度量很赞赏，认为"处事当如沈麟士"。

想来人和人的相处，其实只不过是存一分宽宏，怀两分大度，自然叫人内心妥帖，生出敬意，并愿意倾心交往。

不与庸人论高下，不与小人争短长，大肚能容，就不会轻易被旁人的一点冒犯和不敬激得脸红脖子粗、大动干戈。有许由洗耳的清雅，心性旷达于物外，亦有包容静慧的端庄，使人感到沉稳可靠，可以付之重托，还有一份同声相应、同气相求的懂得与戚戚。

纵观诗人王维一生，少年得志，名动长安，官场纵横，风起诗坛，晚年退隐，经历了大开大合的人生路程，最后功成身退，做到了"富贵山林两得宜"。他与孟浩然是忘年交，且都是田园派诗人的代表人物，并称"王孟"，但苏东坡评价孟浩然"韵高才短"，评价王维的却是"味摩诘之诗，诗中有画；观摩诘之画，画中有诗"。其诗、画意像宽阔、意趣悠远、意境空灵，被后世称为"诗佛"，与他静悦内敛、妥帖得体、稳重从容、与人为善的气质特点密不可分。

人格修养的过程，如一块璞玉从山野中而来，观的是高山流水、霭雾流岚，听的是鹿鸣鹤唳、虎啸猿啼，汲的是天地精华、自然灵气，在不断雕琢打磨中，逐渐褪去身上的戾气和尖锐，让它安于襟怀、腕间、耳坠、衣袂。

　　朋友是一个独居的女子，工作之余钟于插花、茶艺，家里布陈亦赏心悦目，阳台上的花草生机勃勃，绿萝爬满墙，四季有花赏，房间布置精当，除了必需品和一张古琴之外，家里窗明几净，没有多余器物，鞋子摆放也是整整齐齐，衣柜收纳也非一般可比。近知天命之年的她，肌肤净透，眼神温柔，待人和善温润，不急不躁，与她相坐聊天，总有种如沐春风的舒适。

　　读书可以自娱，闲情足以养气，以喜好滋养闲情，她心性温和，亦能静得下心，如今修学古琴也有了一定的造诣，给日常生活增色不少。

　　文质彬彬，然后君子。人格温润的人，是海上生明月，是翡翠落玉盘，让人心怀温良，生活也会变得生动起来。

　　孔子的弟子子夏评价孔子说，"君子有三变：望之俨然，即之也温，听其言也厉"。意思是说，君子在外人看来似有三种变化：远远望着，庄严可畏；靠近他来，温和可亲；听他说话，严厉不苟。

　　君子如水，水善利万物而不争，至简至净，至纯至美，让人感而化之。而那些尖锐刻薄、张牙舞爪的人，会让人内心多少感到有些不舒服，望而生畏，只能敬而远之。

　　君子如竹，竹有节而自持，仿佛从不曾雕琢，但又极为优雅精致。俭以养德，淡以交友，宽以待人，理以律己，因为万事看淡，因而有所为、有所不为，以责人之心责己，以恕己之心恕人，不因为没有深处幽谷而不发出芳香,也不因为没有人看见就不散发光芒。

史上有位宰相供公职,夜间,在家处理公务,点着朝廷供应的蜡烛。

夜深了,公务理毕,转入私人读书时间,他就吹灭朝廷供的蜡烛,点上自家的蜡烛。家人问他:"夜深人息,你何必要这样呢?反正又没人看见。"这位宰相说:"所谓君子,就应当注重自己的修养,坚持自己的操守,人这一生,所作所为,不是为了做给别人看,而是要对自己有个交代。"

玉盘千万种,盘的是玉的温润,悟的是人生真谛,修的是人的品行。所谓君子温润,如舟行于江海、兰生于幽谷,只是襟怀坦荡、人格磊落、内心有光而已。

## 人活着，是为了飘香

百无聊赖，并非无事可做，而是很多事情，都让人无能为力。比如，养了一年的花，眼睁睁地看着它枯萎，没了生机，只能将残花清理干净；看着小孩沉迷游戏，只能告诉她此行为伤及身体，却不能强行把孩子拉走，移除网络；明知吸烟会损及身体，却无法阻止家人一支接一支地吸，还备好烟缸、茶水。

实际上，生活里并无多少惊天动地之事，平常琐事束手无策，反而更令人沮丧。于是只能"逃之夭夭"，躲得远远的，叫"眼不见为净"。

人最好玩的地方，就是最善于欺骗自己的。多大的事，眼睛一闭，就过去了。然而大多数人的烦恼是眼睛闭上了，心门却关不上，还是竖起耳朵，不断接收着杂七杂八的信息。万千是非，收不住，又怎得安稳？

以前年轻时总有人规劝，未来如何美，未来有多美好。但你走到未来一看，有荒草满坡，也有鲜花遍野，每个人的未来其实都一样，人生的那个土"包子"，不管你愿不愿意，也不论你贫贱富贵，任谁都得吃一个。

年岁越长，人世之事看得越轻。到了这个年纪，还会为一个眼神弄得心怦怦乱跳，或为了一段情殇哭得天昏地暗泪流满面吗？不不不，人生的鼓点已经不再密集，凡事都从了佛系，大喜大悲，大哀大恸，统统斩草除根。时间，是最伟大的魔术师，可以抹平一切创痕，不论当时如何痛不欲生，心意难平，多少沧海桑田都终将成为过去，而过去，也只是一碗半热半凉的回忆汤而已。素常的日子，不狂喜，不消沉，碧海无波，水面初平，就了不起。

试着想想自己老了会变成什么样子呢？或是像一只老得无法动弹的猫，嗅着屋子里熟悉的气味儿，窝在桌脚儿一动不动，偶尔慵懒地晒晒太阳、摇摇尾巴、抬抬眼皮，看着院子里的雨儿、草儿、花儿，一阵一阵儿，一茬一茬儿，再回想自己儿时那些无忧无虑、无牵无挂、自由自在的日子，多惬意！

可人不是猫儿，若在年岁渐长时回想从前，那些庸人自扰，那些杞人忧天，那些从未"虚度"过的光阴，真叫人悔之莫及。现在终于闲下来了，成了"无用"之人，时间也似乎"多"了起来，一大把一大把地要去"打发"，所以才有了"无所事事""百无聊赖"。

从前日月属官家，自此光阴归己有。当你从熟识的人口中不知不觉由"老某"变成"某老"时，你的时间就归你自己了。种花养草，带娃养狗，旅游运动，不受谁指派，做自己乐意的事，能听见鸟儿唱歌，看见树木生长、壁虎爬行、花儿开放，唉，只是这些以前怎么都没注意呢？

老了，就草不着色、纸不印花、木不上漆了，眼前的颜色减淡了，花里胡哨、大红大紫离自己遥不可及，也无须再及。没有了热血沸腾，意气风发，只想要平安度日，安安稳稳了却余生。没有平生抱负，宏图大略，只有看淡、看淡，淡成空，淡得无边无际，世界热闹着，自己冷眼旁观。

老了，就甘于平凡，甘于平淡，生活不简单，简单过生活。年老色衰，病痛缠身，有不甘，有遗憾，但人老了，不能老而不尊，不能老奸巨猾，不能倚老卖老，要老成稳重，老而练达，老有所持，要一个人，安静地老，优雅地老。

老了，就做一把古琴，其音铮铮，苍老古朴，绵长清雅，悠远深邃，看惯秋月春风，一琴，一谱，一人，自赏自玩，透彻明净，坐卧云起时，不争于天地。

水往东流、春生夏长、生老病死皆是定数，好像是老天给你安排的最后一顿美餐，享用完了，就洗洗面，振振衣，去往该去的地方。这时如果还异想天开想着能长命百岁，就显得有点可笑了，若还什么都抓住不放，和人抢名利、争高下，就如溅在白墙上的污渍，着实是惹人厌恶的。

这时得从高处走下来，"高卧丘壑中，逃名尘世外"，和野花、野草、东逝的流水多待一阵儿，嗅一嗅花香，撩一撩清水，你的血肉、骨骼，迟迟早早都和它们融为一体，不惊扰繁华，随风尘起落。你要承认人生的乐章已经接近尾声，必须自己去应对从四面八方赶来的恐惧，不断战胜它，接受它，然后耐心等待。时光从未厚此薄彼，一辈儿一辈儿都是这么过来的，一辈儿一辈儿也都会这么过去的，前赴后继的光阴里，自己又有什么好怕的呢。

马尔克斯在自传的扉页中这样记载："生活不是我们活过的日子，而是我们记住的日子，我们为了讲述而在记忆中重现的日子。"人呢，一生里拾拾掇掇，最后就像是天地里蒸发了的一滴清露，像暗夜里澹然消灭了的梦境，最后了无痕迹。不如，把千百种意思，都放进时间熬成的粥里，一小口一小口地尝，再品出其中的滋味儿来。

你看，人在没事儿的时候，总是会瞎想一番。现在，人生的最后一道盛宴就摆在你面前，胃口如何，只在你自己。不论什么时候，人活着，都是为了飘香。

## 做个闲人，住进山里去

或是真到了半身埋土的年龄，世间越热闹，越想缩回去，常常一个人待着，大半天不说一句话，心里却是无比敞亮干净。

常说自己是个懒人，懒与人交往，若让费神去猜人心，不若背包简行，去山间走一趟，掬一捧清泉，饮两口清水，顺手搬起石头，看小螃蟹、小鱼虾倏忽爬行、游走，或是走一走长满青苔的石阶，看一看白漆剥落的墙壁，推一扇吱扭作响的老木门，一处清静的小院，一隅翠竹黛瓦，夏蝉声声于耳际，荒草抚腰，世间碌碌，与我何干。

自己于这个时代格格不入很多年，终于鼓起勇气做一个大城市的叛逃者，觥筹交错、钩心斗角皆非我所长，既然打不赢，干脆躲起来，待南风吹起，驱车进山，草皆绿，花半开，路通向哪里，人就去向哪里，云飘到哪里，脚步就走到哪里，别人在是非里勇敢，我却要到无人之地讨个清闲。

自是少言寡语，那些可有可无的话，说一句少一句，宁愿和小猫小狗小鸡小鸭逗乐，或与花与草与虫与鱼倾诉衷肠，和它们说话，说的人轻松，它们必定听得也自在，即便一言两语，心却是软和的，好山好水好四季，所有浮华，都成一味清欢药。

曾经，多少年的时光荏苒，为了小家糊口，樊笼久困，心怎样也都飞不出禁锢的肉身，远处青山绿水，却一日三餐，大门不迈。其实也无碍，人生千万里的路，本就只能一米一米地去走，城市再多热闹，却无安置寸心之处，无论如何，人终归是还要为自己的心寻找一个栖息的地方。

终南山是清净之地，亦是修行之地，常两三好友，拄杖而行。山路崎岖不平，亦有同道之人，偶尔相遇，点点头，不问路有多远，都是为安顿一颗心而来，萍水相逢，即使无言，亦是知味的人遇见知味的人，不过一个"懂"字，不去点破罢了。

有三两茅舍，建于翠色深深的山腰，抑或白雾缭绕的山头，舍主好比神仙，种瓜种菜，养鸡养猪，夏季如何热燥，都可在树影斑驳的屋檐下，享一番沁凉。一年四时，看春草如何滋长，夏日如何酷热，秋雨如何疯魔，大雪如何落满山头。

也有餐食小馆换得营生，菜品简单素淡自不必说，来来回回也就是那几样，土鸡蛋、野猪肉、神仙粉、山野菜、小酒小菜，干净可口，怡情悦性。店家招牌，亦非如橼巨笔或华章巨制，木块刨光，写上店名，草绳穿引、打结，悬挂于门楣上，字迹无大家风范，却拙朴而有趣，至于客人，均无须刻意招徕，随心而来即是。

白日里，听风听雨，看花看水，制一把小扇驱热迎凉，摘几颗青梅回味无穷，漠漠水田，阴阴夏木，一阵清风拂过，花草香气袭人，至夜，流萤四起，灯烛昏黄，几只飞蛾扑腾来去跌跌撞撞，更添情趣，即便无人邀约，亦可在清风明月间颐养诗情胸臆，看皓月当空，听十里蛙鸣。

　　山居生活清淡，也清苦，却触目自然，尽享自由。若能在此清静之地修一小屋，自己做个泥瓦或木匠，刷白的墙壁，搭建屋顶雨棚，伐树取材，自制桌椅，垒一个灶台，置一口铁锅，取屋后山坡上的泉水，拣风吹落的树枝烧火，布衣素食，粗茶淡饭，最宜养心养胃。

　　当然，还要开辟一个容纳四季风物的小院，种下辣椒白菜土豆萝卜大西瓜，吃穿用度自给自足，再养一条小狗，植两株闲花，看花开花落，怡闲情雅思。夜里掌灯读书，满室竹影月色，茶水润心，眼前是青山如寂，耳边是欢脱的虫鸣鸟叫，静静地享受天地滋养，体会来自内在的快乐及天地大美无言之欢愉。

　　若能在山腰开间茶舍客栈更好。自己食宿，供游人歇脚、饮水，可谓功德，当然也一定要把它布置得饱含山水风味，使得"居之者忘老，寓之者忘归，游之者忘倦"，白日里茶香淡淡，细竹清雅，炊烟袅袅。至夜，赊给客人的，是一穹幽蓝深远的夜空，一轮皎如银盘的明月，一条万点璀璨的星河。而我，可以沐浴着白色的月光，在无人的山野里慢慢地散步，直到深夜。

　　世界上，有一种出家，是为了回家；有一种逃离生活，是为了回归生活。梭罗独自在瓦尔登湖住了两年零两个月之后说，发现一个人，只要满足了基本生活所需，不再戚戚于声名，不再汲汲于富贵，便可以更从容、更充实地享受人生。一粥一饭，一桌一椅，没有过多的欲望，也没有了不必要的花销，但有字可写，有画可作，简单而自足，山居之味，看似清贫，却无闲事挂心，竟然事事如意。

世间风景万千，终是抵不过内心的安宁与丰盛。人生最适意，莫过于不在波诡云谲的红尘里起起伏伏，在远山深处修篱种菊，有幽闲境可居，有相爱人可守，有欢喜事可做，在青山碧水之间，着布衣，种蔬米，不追名逐利，无繁华迷眼，将自己放还自然，归于山高水长。

多少年后，手边的书页又破又旧，身上的衣服烂了又补，我还是愿意住进山里，或者，让山住进我心里，过了春夏，再过秋冬，于天地之间，做一个坦荡荡的闲散人。

## 春三月，天地俱生

春三月，天地俱生，万物以荣。然而若有烦事心头挂，便是如何也自在不起来的。

乏懒的身体依着柴门，任春风于庭院间穿花拂叶、柳丝缠人，不是心躁神乱、心不在焉，就是翻杯打盏。

憨儿却似无扰，坐在门墩上抱着彩翎的大公鸡，以嫩若葱根的手指摩挲鸡颈，仰着粉面"喔喔喔"学公鸡叫，好不快活。

这世间，有人醉心于幸福，有人沉溺于伤痛，可窗户一旦打开，春天就涌了进来。

迎春花才不管。箭镞一般的枝条上挑着柔嫩的黄花，有的含着苞儿，有的鼓起腮帮吹着喇叭，纵然地上已是落了一层风干的花尸，零零碎碎，薄如翅翼。

花开花谢，从来是喜忧参半，谁又能分得清，奈何人老也任性，偏要过它一个简单、一个自在。

一只天牛在草稞上打了个滚，翻到湿乎乎的土坷垃上，又顺着缝隙慢悠悠地爬到了阳光里，根本不知道它想去哪里，只是走着、走着，就这么在阳光里走着，也觉得很美好。

矮小的蓝色小花开得到处都是，星星点点，宛如花溪。她有一个诡异的名字,叫"阿拉伯婆婆纳",但她的故事更叫人发笑:说是一位叫"阿拉"的老头躺在草地上,想念自己的老伴儿"婆婆",所以他躺过的那片草地被称为"阿拉伯婆婆纳"。其实,这个稀奇古怪的名字或许就是一句叽里呱啦的咒语,只要人那么一念,就摧枯拉朽、春回大地了。

独叶草总喜欢和婆婆纳混迹在一起,让人难以分辨清楚,还有蛇床、飞蓬、车轴草也东一片、西一片地给自己占领地盘,田野间绿意漫漫,一直漫过屋顶、漫过庭院、漫过山脊,残雪也不再挣扎,悄悄化作流水,汇入山涧小溪,一路欢歌而去。

农人们把犁铧深深地扎入土中,手里的皮鞭啪啪响彻旷野,老牛摇着铃铛缓步前行,融融春日,清静闲适,和光同尘,你与一朵花凝视,与一株草倾心,与身边一切美好的瞬间交融,驱逐烦恼,医愈心灵。

钱锺书先生说:"春天从窗外进来,人在屋子里坐不住,就从门里出去。"其实,春风一吹,烦恼也就坐不住了,不情不愿从胸口散了开去,人面嫣然。木欣欣以向荣,泉涓涓而始流。此时若站在苍茫的旷野里,摘一枝翠生生的小野花,在阳光里拈花微笑,就会逢着新的自己。

纵目天涯,处处春山。山野的春,是微风吹过的花草香,是杏花枝上的百鸟唱,是暖阳下消融的潺潺溪水,是漫山遍野的烟雨幽梦,一枝迎春花开幕,满目桃花打底,深深浅浅,天地中和,好事接踵而至。天地有大美而不言，唯有心者会其意。

春光大好时，宜与斯人终南山寻柳踏青，于山下拈花惹草，于桃夭夭处折枝，于水潺潺处玩嬉。看这山间小径，河渠沟畔，三三两两，三五成群，都是心里盛爱的人，存着美好，摄取水上之清风、山间之红日、林间之鸟鸣，以飨薄薄的人生。

三月，《黄帝内经》曰：夜卧早起，广步于庭，披发缓行，以使志生。要早睡早起，太阳升起的时候，在院子里大步慢慢走，而且要把头发披散下来，让意念顺着春天的生发之气活动，这样才能求得神定志安。还要"生而勿杀，予而勿夺，赏而勿罚"，顺应生发之气，多生还，不杀生，多给予，不抢夺，多奖赏，不惩罚。

这个时节昭示人们要从容不迫地"慢慢来"，也要勇猛精进，以积极的心态做事情，不要萎靡不振、随波逐流。万物生发，很多人开始栽花种草，为自己建造一个花香四溢、清香安适的世界。这时也要注意，不要轻易催化伤芽，不要毁坏自然川泽，也不要过于责备小孩，要像春天的胸怀一样宽阔、博大、包容。

细雨亦来得恰当时，像是一场郑重的提示，灌于古墙花影，盆中蒲草、园里顽石、亭间紫藤、池中游鱼、檐上茅草似都振奋起精神，一派烟雨空濛、生机活泼的气象。此时一人独自在屋里，打开音乐，燃一炷香，沏一壶茶，捧一本书，打打坐，喝喝茶，读读书，有花香入口，清风微拂，一晃半天就过去了。

院落亭亭。白发的母亲端着簸箕坐在矮凳上，择着刚刚采摘来的荠菜，捣蒜烹饪，笑若廊下清风。孩儿满手泥巴，跌跌撞撞酥酥软软地扑到你怀里，心一下就化开了。尘世间，能够抵挡所有的坚硬的，唯有温柔。

一年之计在于春，但是对于计划好的事情，能够做好的并不多。随意、闲适倒是很契合心意，生活搞得简单一些，读书，栽花，弄草，逛逛集市或者古玩市场，在院子里坐坐，野地里走走，由着自己的性子，反而能写一些像样的文章来。

春天，应该做几个美丽的梦，做一些美好的事，让凡俗庸常的日子如春光般生动起来。山花似雪，春酒满杯，屋前桃树二三株，屋后鸡鹅六七只，人间清欢，便是如此模样。

## 我的烟火小日常

寡淡自有其好，如一碗清汤挂面，爽口、利落、干净。

着家常旧衣，以辛劳补贴家用，日出而作日落而息，安于做这万丈红尘里的一粒微尘，或茫茫天地之间的一株浅草野花，丢了功利心、得失心，孤单也变得华美浩荡，薄凉也可以铿锵得山高水长。

这个时节，石榴已如拳头大，碧玉般垂吊在绿叶葱茏间。春天撒下的菊花籽已开成满园葳蕤，白墙黛瓦，色彩斑斓，看得人心里荡漾。

山野如此安闲，竹篱茅舍，世事尘澜，三餐的五谷，人生的五味，都化成了手中的茶，浓也好，淡也好，浓有浓的意味，淡有淡的芳香，如心里住着的天地光阴。

也有美中不足，细腰身的长腿黑蚊忽地扑上来叮一个个包，奇痒无比，但怨不得它，罪魁祸首乃是家里的猫。它总大摇大摆四处闲逛，忽而扑上窗台，用利爪抠烂纱窗，踯躅盘旋久久不去；忽而睁大双眼呆呆望向窗外，待内屋铃铛声响起，才回过神来，缩脖竖耳躬身，如临大敌一般离弦之箭奋爪扑出，又不小心撞到桌角，不得不翻身打个滚儿，定定神，假装若无其事地掩饰自己的囧相，让人不由哑然失笑。

而那黑蚊像是和猫儿约好了一般，常常顺着被猫儿抓烂的纱窗破洞悄然飘入，无声无息落在你裸露的肌肤上，以喙颚刺入，狠狠地吸上一口血，此时你并无感觉，待它悄无声息地飞走，你才奇痒难耐，一挠，才发现一个红硬的包块，你恼羞成怒想要痛下杀手时，它却已潇洒飞走，悄无踪迹。

于近郊买瓜。夏时的大西瓜，五角一斤，统共下来不过六七块，现在西瓜三块一斤，一个大点的得三四十元。你问老板，怎么这么贵，老板爱理不理，懒洋洋地说一句："呵，这是最后一茬儿西瓜了，再不买就吃不上喽！"你狠心掏了腰包，过两天再去，货架上还是满满的绿皮儿西瓜，你忍不住又问价钱，老板还是一样的说辞，眼睛望向门外，看都不看你一眼："呵，这是最后一茬儿西瓜了，再不买就吃不上喽！"可是，那货架就像聚宝盆一样，总是满满当当，没有见少了西瓜。

一直等着葡萄便宜下来可以酿酒。从前是七斤葡萄三斤冰糖，葡萄洗干净，沥干，按比例置入酒箱，搅拌，发酵，待一个月后，便可以小酌了。当然，时间再长一些，酒味儿会更醇厚，口感也会更加完美。男人说去年的酒像糖水，酒味儿太少，让今年少放冰糖。男人喝着觉得不够劲儿，而女子就喜欢甜甜的，冰冰的，喝上一口，脸颊绯红，增了几分柔媚风韵。

宽阔的青砖小院。男人端来一盆清水，将小镜片支在脸盆架上，润湿颌骨下巴，涂抹上肥皂，待起了泡沫，开始用剃刀一点点刮掉胡须，每刮一下，就在盆边磕一下，黑色的胡茬儿就混着肥皂沫掉到水里，他再将剃刀在水里摇一摇清洗干净，继续刮另一边。男人刮胡子时眼神专注认真细致，就如女子化妆时描眉画眼，说不出地迷人。

秋季的幸福，不仅是果蔬丰盛起来，而是经过夏季一场场炎热，秋老虎发上一阵儿威过去后的凉爽。初秋下一场雨，淅淅沥沥哗哗啦啦，狂风大作，睡觉越发香甜，睡不醒，人被夏天热怕了，肚子上盖个毛巾，直到后半夜冷得缩成一团，才不情不愿起身拿了稍厚的被子盖上，香香地一觉闷到大天亮。

若放下家务或手中的书本，伸伸懒腰，抬头看一眼檐角的天空，和房上青瓦间生出的茵茵绿苔，一不小心便与岁月天荒地老了。

日子过得很慢，就像是在复制粘贴。除了看花，写字，喂鸡，就是吃饭，睡觉，到村口溜达，有一搭没一搭地和人说着闲话，每天都一样安宁，没有什么特别。只有日历在不停翻动。

母亲最有意思。她也读书，戴着老花镜，打着手电筒，用陕西方言认认真真、一字一句地诵读我的文章。她睡眠不好，经常半夜起来睡不着觉时就接着读我的书，读累了，困了，再继续睡。她夸我，文章写得好，写得真好，比贾平凹写得还好，说"我女儿的文章会拐弯"。她会把她不认识的字、不明白的话勾出来，等我回来时讲给她听，也会把自己认为写得不对的地方和我理论。

父亲就不同，拿着我的书在村里转悠，去以前教书的老先生家里，去喜欢习文弄墨的村支书家里，得意地告诉人家，她的女儿又出书了。母亲劝父亲低调一些，"门口挂的席片子，屋里吃的油拴子"。不论什么时候，别张扬，别显摆。

夏秋之交，咳嗽忽然造访，白日缓慢走动尚好，只要躺下，它便不让人安息，尤其在深夜，咳嗽多痰，肺似乎都要被咳了出来，脸憋得通红，快要喘不出气儿来，怕惊扰了家人休息，只能翻身起来，披上薄衫，悄然推门来到院内，见月亮高悬，树影斑驳，格外幽静，叹一叹，世界竟然如此美好，若是没了这病，又怎能享得这一个人的白月光。

　　翌日醒转，母亲买了枇杷清露、消炎药，煮了梨子汤汁。任岁月匆忙湮逝，风花雪月的欢喜，终究还是薄的，薄得吹弹可破，唯有这寻常的烟火小日子，是冰雪泡新茶、清梅独自开，浅浅淡淡，却内心踏实安宁。

## 平淡天真

平淡天真，这四个字，简单又可爱，极素朴又极好玩，简直绝了。

它一定是妥帖地蛰伏于素常的日子里，毫不突兀，毫不夸张，毫不掩饰，却又趣味深长，清新自然。就像是一块荒野地，没有人去刻意耕种，却今天冒出了几根菠菜，明天又冒出几根蒜苗，翠生生、绿油油的，让人心生欢喜。

对，平淡天真，就是那种莫名的欢喜。

苏轼说："诗不求工字不求奇，天真烂漫是吾师。"平淡天真，就是"清水出芙蓉，天然去雕饰"。没有苦心经营的主题，更无矫揉造作之态，只是信手拈来的素材，如话家常的语言，平淡如水，泯去求奇好胜之心，却那般可亲可敬可感可爱。

性情率真，纯出自然，是文人艺术最高境地。当然，平淡绝非寡淡，而是平实的语言里蕴含的内在的丰富和充实，因此说："贵乎枯淡者，谓其外枯而中膏，似淡而实美。"真可称合于天造，厌于人意，以天为法，以真动人。

宋朝美学常讲一个词，叫"平淡天真"，不刻意、不做作，率性而为，我认为极好。读《寒食帖》，就知道北宋人写字绝对不是规规矩矩，而是随意由心地写，错了就点一点、再改一改，谁说一个伟大的书法里不能有错字呢。世间好物，亦并非完美得无可挑剔，自然天然，太过刻意，反而斧凿痕迹过重，少了几分意趣。

董其昌认为"平淡天真"是诗书画的至高艺术标准，"诗文书画，少而工，老而淡，淡胜工，不工亦何能淡""大抵传与不传，在淡与不淡耳"。以淡为宗，工而后淡，熟而后生。

内心平淡，才会率性而为，内心天真，才会饶有趣味。书法、绘画、文学、艺术，平淡天真，就有清灵之气，做得太过，便生出浊气来。因为，精雕细琢过的东西固然完美，但没有了那份自然天成，就沾惹了尘世间的俗气，令作品黯淡失色。

中国文学史上有不少好玩且可爱的人，汪曾祺算一个。他的笔下，故乡食物、家常酒菜、自创菜式，样样入文，人间草木、虫鱼鸟兽、花果树木，皆是文章，丰赡而又意趣盎然。他被称为"中国最后一个士大夫""抒情的人道主义者""中国最后一个纯粹的文人"。梁文道说他的文字：就像一碗白粥，熬得刚好。

然而，在人堆儿里，他就是一个戴着遮阳帽、端着烟袋锅、嘴里冒着烟的普通老头儿，一副乡里邻家老伯的模样，根本看不出他就是那个著名的"士大夫"。可我的确从来没见过有人像他那样对生活有如此大兴趣，爱写作，爱画画，爱做饭，贪吃，贪看，贪玩儿，还常常犯酒瘾，喝起酒来，从不会一小口抿，而是大口痛饮。

有评论家说："汪曾祺的语言很怪，拆开来没什么，放在一起，就有点味道。"他的句子大都短峭、平实、朴拙，文字直白冲淡，像在水里洗过一样干净。我想,是因为他就是平淡与天真恰好结合的人。

　　文字的平淡和天真,来自生活的丰厚积淀和内心的真实可爱。华丽恍若浮云,平淡才真实入心,一篇文字写得浓烈、华丽并不难,越是看上去平淡的,越是蛰伏了真正重要的东西。

　　还有一个画画的老头儿叫黄永玉。见到这个名字,就想起一副模样:一顶贝雷帽,两只招风耳,一根大烟斗,一张大嘴笑得咧到了耳根,两只孩童般干净的眼睛里又可窥见一种戏谑与狡黠。

　　碰到不顺眼的事情时,他用很大的感情去咒骂和痛恨一些混蛋,愤怒的时候会把稿纸撕下来扔在地上狠狠践踏,文化评论家张铃说他是一个喜怒无常的性情中人,高兴时什么都好,不高兴时什么都不好。他自己也说,他的表叔沈从文的性格"像水一样,很柔顺,永远不会往上爬"。而他自己则是靠"拳头打天下"挺过来的。他"刁蛮"、爽直的性格让不少人都畏他三分。

　　他的画也是浓墨重彩,随性而来,刷锅笤帚般的大笔触,从不循规蹈矩,又有些卡通漫画的意思,幽默风趣。谈到人生时,他说"躺在地上过日子,贴着土地过日子,有个好处就是,摔也摔不到哪儿去"。因为看过生死,经过起落,对于世事,他是通透彻悟的,对于人生,他是好玩的,童心未泯。

　　其实,日子给我们的,是蓝天、海洋、鲜花、土地、麦浪、虫鸟、雨雪、河流、山川、飞瀑、走兽,是普普通通的一年四季、一日三餐,若是养上一只小狗,宠一只小野猫,浇浇花、看看书、喝喝茶,忘记得失，修一颗干净透彻的内心，日子就有了惊喜和意义，变得好玩起来。

平淡的生活里，"天真"是人最好的礼物。天真的人不会厌世，不会抑郁，不会老。挑几桶水，浇一块地，种几株花，栽一棵树，就有开不完的花，结不完的果子，水有水的快乐，地有地的快乐，花有花的快乐，树有树的快乐，内心会永远欢腾，永远惊喜。

## 心闲气静，精神美好

那些从热闹处退下来的人，一定是悟到了什么，人生，或是生活。

别人艳羡的目光，虚假的光环，捧在高处的风光与自得，都不要了，摆摆手，安静抽身，走进背光处，给世界一个安静的背影。

心变得宽了，遇事也不冒失了，看不惯的也少了，碰见奇奇怪怪，也只是笑笑。这一笑，山也有姿色，风也变轻柔，从容温润、温煦平和的人，生命像是被清水漫过去一样，滋润了，饱满了。

只有走过了千里万里、千步万步才知道，所谓的人生，不过是一片树叶，闪耀过，鲜活过，最后终究还是要落下去；不过是手机里一幅美丽的照片，轻轻划一下就换了另一幅，不过是车窗外呼啸而过的一帧风景，倏忽就不见了。

金钱地位权势名声得失成败，时间哪儿够用，越是舍不得，越是得不到，灌花、缝纫、写字、烹饪、芟草、泡茶、洒扫、除尘、蜂蜜水、梨子汁、葡萄酒，把日子过慢一点，一日当成两日花，才是本事。

世界很喧闹，这没有办法，但人的内心应该静下来，每天下班后，不热衷于应酬，安安生生回家，待在自己的老房子里，烧一壶开水，泡一杯茶，坐在自己的旧沙发上，翻一本旧书，让沸腾的心归于平静。若书也看倦了，就斜靠在床上，打个盹儿，实在困了，就盖上被子，睡上一大觉。

所谓的闲，也不是自由放荡，无所事事，而是求一个闲适的心境，暂别喧嚣，沉静下来。

人走到最后能留下什么呢？或许还有一点声名在世间，但钱财、房子、职位、利益，都和自己无关了，所以，每个可以把握的现在，何必搞那么累呢？人最大的低智，就是觉得世界没有你不行，喜欢站到高处，看众人唯唯诺诺俯首帖耳，内心满足自得，想一想，其实蛮可笑的。

在削尖脑袋溜须拍马投机钻营挡住别人一点点光的时候，生命并不比草木虫鱼高级。

虚名谁欲累，世事我无心。把自己放在一个攀爬或苟且里的人，是难以感到快乐的，不是陷入疲于忙碌的生活里，而是煎熬在了杂乱不堪的心境中。

人生存所迫，必须要和一些人打交道，必须要处理一些事务，身忙心累，心浮气躁，这种情况就要学会"忙里偷闲"，努力让内心平静，古人叫"习静"，当然这需要定力的锻炼。在接受了人间的烟熏火燎后，依然要保持爱美的秉性，不动声色地打理好自己，花谢了，要修剪好枝叶，叶落了，要保持树的骨感。

读书随处净土，闭门即是深山。让自己的心闲下来，闲则能读书，闲则能览胜，闲则能交友，闲则能饮酒，闲则能著书。世间真风流、真自在，都是门内望月一般的闲暇。敢于直面世界，又能直面内心，付诸行动的人,才能获得内心的欢愉,芸芸众生里显得卓然不群。如此来说,要给闲暇者一个热切的赞赏。

"闲"以养身,静以养心。闲的好处自不必多说,静的清雅亦非常人能悟。习静,不必非要进远山空谷,亦不必非要学佛家静坐参禅,世间闲与静,半自淡中来。淡而生静,静以致远,淡则无所味,无味则乃至味。

远离那些,无中生有的是非,不怀好意的觊觎,狂妄肆意的嘲弄,坐到宽阔处,收获清风朗月,身处尘世,心却不惹尘埃,活到了一种境界。

常遇到一些恶心的事儿,让你心情不佳,说明那件并不怎么的事情在你心上挂住了,心若脱钩之鱼,去哪里都自在逍遥。聪明的做法,就是不和自己较劲,若觉得别扭,便不做,不愿意说的,不违心去说了。如果世界喧嚣,走进山林,有山间过风,独饮茶茗,可身心安静,焚一缕馨香,亦能抚平内心的杂乱。你的真实,是对自己的负责,也是对生命的尊重。

所有的舍去,都是为喜爱之物腾出的位置。历经千辛万苦,看过世事辗转,最后知道,人生的景致,不在波诡云谲处,而在内心淡然时。

江山风月,本无常主,闲者便是主人。闲,是因为把一切都放下了,钱财,权势,名声,曾经孜孜以求的,都不再重要了,只贪恋眼前这把风月。心之所向,放手而为,纵然前路茫茫、云山雾海,亦行得如清风般自在。

　　一个依山傍水的村庄，一处四季花开的小院，摆一张桌子，喝顺口的酒，吃简单的饭菜，闲人野趣，万事皆安。黄葵绿树，红花矮枝，枕石高卧，鸡狗狎乐，门外车马碌碌红尘滚滚，毫不相干。

　　李渔认为，一种本性特别喜欢的东西，可以当药。窃以为，过自己喜欢的生活，就是炼成的不老仙丹。人到了一定年纪，生命就有了静气，灵魂就有了香气，以看风景的心情，看待热闹与繁华、功名与利禄，在寂静的生活里追寻生命中最深处的自己。

　　人的内心空间其实是有限的，放弃一些东西，才能获得一些东西。这个世界上，很少有人敢于做自己，你就去做那少数的几个人。

## 何必怨岁月，何必怪秋声

其实已盼了整整一夏了。恁是"冰雪在心"的人也难以忍受汗涔涔而下、五脏六腑搅扰得心绪不宁又无处排泄的苦厄。

不知是一场雨，还是一场风，抑或是一片落叶，只觉与往日大为不同。偶有一晚，人竟然一倒下就呼噜声起，嘴角垂涎，一觉睡到了大天亮，一丝风从窗口挤了进来，骚扰昏沉，神思游弋，"哦，秋天，的确是不一样的呢"。

日头亦不似夏日那般灼热与轻浮，更加静默隐忍了些。白云丰腴，蓝天高远，秋水明净，山河秀丽，茂林群山，红黄交错，嗬，秋天就是这样，囊括了一切的丰盈与消瘦，颓废与荒唐，安静与疯狂。

然而这江山的确是坐实了的。刀枪剑戟入库，斧钺钩叉收藏，那些生生死死、恩恩怨怨都淡成了了无痕。

若久不闻于世，只在这山村茅舍盘旋度日，得怡然之乐，自然是极好的。此时节花气减淡，唯有院落几株菊花东一株、西一株任性地开，清秀疏朗随意，给密不透风的日子送进一些新鲜之气，墙角柴堆处，有紫色的朝颜轻擎着瘦而细的梗，在晨露未晞里攀缘而上，一方小院，秋色尽揽。

晨起，清水洗面，始起锅烧饭，柴禾却有些湿答答，好不容易生了火，冒出的烟却又黑又稠，呛得人直咳，但不一会儿，那炊烟就袅袅而上，盘绕屋檐、青瓦、树枝，捣鼓半小时，熬出了几碗白粥，顺手摘了根挂刺黄瓜、两颗西红柿，切丝凉拌或与鸡蛋煎炒，一家人端坐于桌前，三双竹筷，两碟小菜，数碗清粥，日子且长，慢慢地吃。

浓处味短，淡中趣长，日常朴素，却有它的动人之处。再简单不过的一餐饭，遭猫儿、鸟雀觊觎，一个在桌边跑跑蹿蹿、喵喵乱叫，一个在枝头蹦蹦跳跳、吵吵嚷嚷。家里的小娃娃蹒跚颠颠、白发的母亲于庭院忙碌，顿觉外景再是繁华热闹，终不如你茅屋下的融暖自在，一日光阴，十分欢喜。

墟落，小桥，秋水，瘦马；旷野，远树，碧霄，飞鸟；小径，篱笆，青砖，野花。各自组成一幅清简的禅意图画，明净而安稳，清远且深美。淡淡秋光里，若拉一把藤椅，一边把玩手中的水晶珠串，一边翻几页闲书，赏无涯之风月，得天地之襟怀，内心淡然平和，凡事皆可宽恕。

傍晚时分，耳闻之声如波涛翻涌，如万马奔腾，如山泉幽咽，如号角嘶鸣，如妇人捣衣，如大雁过耳，万声传动，此消彼长，经久不息，让人暗暗称奇，循声而去，却是山脚村旁一片茂林，枯叶翻滚，落叶似褥，却别无他物，不由慨叹，遂想起欧阳修所作的《秋声赋》。

欧阳修于秋夜读书，听到屋外有人马之声，让童子出门去看，童子回报："星月皎洁，明河在天，四无人声，声在树间。"欧阳修嫌童子懵懂，叹息说："噫嘻悲哉！此秋声也。"

所谓秋声，树木凋零，折枝断叶，凄切悲愁，童子无知，只管沉沉睡去，唯有四壁虫鸣唧唧，似在附和着他的叹息。

春生愁，秋生悲。想必，这秋天是极坏的，无端勾起人的愁绪，许是忆起儿时的一段旧事，念及久远之前的一个故人，可无论怎样抚慰，那份闲愁就影影绰绰、如烟如缕飘然而至，纵是想方设法，纵是无可奈何，摆不脱，抛不掉，只有在无数个寂寥斑驳的秋夜里，将那份情愫、那份相思嚼碎了，去熬世间的一段月朗风清。

至夜，月光漫洒，轻柔地摩挲着树影、青瓦、水井、篱笆、盆、缸，耳边的风窸窸窣窣，似是故人如邀而来，一人于榻席惊醒，兀然独坐，披衣趿鞋，散步庭下，见月华如水，蛰虫嘶鸣，木末萧索，一缕微凉将地面枯叶层层翻卷，逼堆至墙角。

"只有一枝梧叶，不知多少秋声。"这寂寂凉夜，为何竟不能安枕？是月色撩动了这多情的心弦，还是蛩声勾起了善感的愁思？没有人懂，或也无须谁懂，愿保留这样一种情怀，放在心里，酸着，疼着，纠着，扯着，也悄悄美着。谁也不与说。

荷残莲生，秋雨邀凉，一场雨，将伏天的暑气消了个一干二净。《红楼梦》里黛玉说最不喜欢李义山的诗，只喜他这一句"留得残荷听雨声"。"人生天地间，忽如远行客。"萧瑟的秋雨敲打残荷的声韵，那种凄凉伤感正合了黛玉的处境，倍增寂寥。

最爱南宋蒋捷的《虞美人·听雨》，"壮年听雨，江阔云低，断雁叫西风"。人生的秋雨里，人又何尝不是那离群的孤雁，或是在异国他乡飘摇的小船，即便身边蝶舞蜂飞，那种孤单也无可消除。而蒙蒙的细雨，茫茫的江面，噼里啪啦滴滴答答的秋雨，似是在昭告这一生的起起伏伏，跌跌撞撞，高高低低。

雨后的山道旁草木风发，溪水潺潺，素净明亮，所有的风尘都被吹得一干二净，使人顿觉眼清目明，心底亦是清澈见底。一切该明白的，不该明白的，都咽下了。接受的，不接受的，都悦纳了。抓住的，抓不住的，都随了风。

繁华俗世，热闹红尘，皆外物之味，久则可厌。不如莲花打坐一个钟，手指相捻如兰，摒弃，隔绝，倾听，感悟，气定神闲，心沉如水。人生如草木，枯荣有时，死生有时，万物皆有定，又何必怨岁月，又何必怪秋声？

## 凡留心处，日子最可人

暖风吹一次，凛风吹一次，一年就过去了；桃花开一次，桃花落一次，又过了一年。倏然三十年过去，桃红柳绿，杏白桃红，利益的熏染、功利的羁绊、得失的攀比，想一想，我到底是错失了多少呢？

今年西安继开春失败后，立夏又失败了，有人把这种天气称为"满三十减十五"，真是笑死人。前几日是短袖薄裙，有点夏天的样子，现在却又阴沉着脸，细雨凉风，一些地方竟然还下起雪来，人穿上薄毛衫，穿上罩衣，还觉凉意袭人。秦岭主峰太白山下起了一场大雪，上演了一场"飞雪迎夏到"的独特美景，从山上到坡地，坡地到旷野，从旷野到村庄，车辆飞驰之处，冬春夏景由浅入深层层递进，偶有胡乱涂抹一把，让人在一日内从夏季到冬天自由穿越，大有大干一番打破常规之势。

我们回老家回得勤了，那些生疏许久的脸庞再次重回记忆，农家村舍，邻里之间，简单明了的关系，无争安逸、淳朴自然的生活，只想把人变成城市的逃兵，再也不想迈进霓虹交错一步。

到处是平原、田地、沃野，有树木、蔬菜、麦田，满目遍野的麦子绿。揪一颗麦穗，搓揉，吹掉麦壳，一把饱满的麦粒儿抛进嘴里，吃起来鲜嫩甜美，天降甘露，没有转基因的有机农作物，它的营养不亚于任何水果，更令人担忧惶恐之处。

再说说花儿吧，人为种植在院子里，开得一簇簇的倒并不以为奇，偏偏从砖头缝、台阶隙露出绿意来的，就万分让人怜爱惊喜。两半烂瓮，一半储存雨水，不意落进一只蝴蝶，一半植花，正好顺了造化的意，所谓"残"器，或是真圆满。

油菜的黄花渐渐褪了下去，鼓鼓的菜荚装满了黑籽。最奇怪的就是香菜，老了老了却开起紫色的碎花，大葱也是，挺着腰杆，给头上顶个蒲公英般的大疙瘩，真滑稽。一场春雨过后，韭菜就出场了，"夜雨剪春韭，新炊间黄粱"。此时的韭菜鲜嫩碧绿，看着就眼馋。菜地里割一把经过春雨润泽的韭菜炒着吃，那惑人的滋味，肉也换不到。

槐花、莴苣叶麦饭多得吃不完，年深日久，人的胃口变得讲究起来，挑挑剔剔，新蒜嫩香，嫌不够劲，想要等老些再吃，蒜和姜一样，都是老的辣。

父亲脑梗多年，饮食却总不经意，依然日日饮酒，还能找到最多借口，酒可以疏通血管活血化淤，每次婚丧嫁娶请他吃席，不用人劝，自己就喝得摇摇晃晃，喝到尽兴而归，我们虽甘心在父亲的"欺骗"和借口里嬉笑，也要直白地戳穿，劝他好自为之。前天夜里睡觉，眼睛和太阳穴被毒虫叮咬，奇痒难耐，忍不住挠了几下，第二天肿胀如鼓，我们看得痛苦，他也浑不在意，对着镜子涂抹酒精，杀菌消炎。

难得他日日开心，事事乐观。母亲也是同样的病，年纪一大，脑梗就来了，但这两年每天一斤羊奶，开水冲鲜鸡蛋喝，竟一日日好转起来，父亲却不喜欢喝，嫌羊奶有膻味，鸡蛋又有点腥，母亲就顶他，咋不嫌西凤有酒味？母亲常对父亲手里的活计指指点点，只有电视剧开播时，雷打不动，谁也不能把她骗走，或是转移开她的注意力。

在网上买来电锯，两人搭好木梯，剪掉遮蔽于邻居家房顶的核桃树枝。多年前发展盖房，如今将要提上日程。内心激动不已。那面窑洞是父母心心念念的故事，我曾在那里哭泣欢笑撒尿却不自知。待日后一定好好箍了它，等白雪降临或雨水飘落时，我坐在窑洞里，看看雪，听听雨，什么也不做。

记忆是人的财富，盛着快乐，盛着悲哀，盛着年少轻狂，盛着爱恨交织，当多年过去，我只愿拥着它们，坐在阳光乍地的小院的矮凳上，神秘地笑。

山不忙，却生出千树万花，水似闲，却奔流万里没有止步。人的一生中，一定要有一段无争、安逸、简单的日子，没有了名利场的纷争烦扰，享一享放下时的宁静、释然后的湛寂，只为那些可爱的植物低眉，放空自己，治愈因缺憾而失意彷徨的心，方不觉得吃亏，而那些无处安放的烦躁和匆忙，或许是被我们误读了的人生。

内心的富足丰盈，享其美，陷其贵，耽其乐，与占有的多寡毫无干系，凡留心处，便可将日子过成最可人的模样。

吃是人一生必不可少的事情，甚至是一天里分量最重的时间。母亲依然擀面，香椿苗炒土鸡蛋已经吃腻了，槐花麦饭也剩了不少，这个时节，茄子西红柿都还没成长，紫色的豌豆花开得羞涩，在风里摇摇摆摆，我拿了小盆，在门口的地里摘了豆角，开水一焯，清香甜嫩，豆豆在嘴里蹦跶，滋味满满。

笨笨和聪聪生息相洽，匍匐在脚边，为我手中的馒头或鸡蛋壳争宠，随后和它们的儿女一起倒在阳光下的小院子午睡，准确地说，是两个儿子。猫儿高傲地傲立在屋檐俯视我们，一会儿扬长而去。伙食太好，大花喜鹊肥得只能在低处奔奔跳跳，叫几声，又攀上了别家高枝，此时天空澄澈，没有一丝灰尘。

这个时节的我，脑子经常像是进入了休眠期，并不如秋冬时节转得快，写不出什么文章来，最大的奢侈，就是在小院的花草树木和"鸡鸣狗盗"中任性下去。

经历过一些事情，岁月教会我们不要狂妄，痛惜过别离，才懂亲情的可贵。热闹场，扬起的净是尘土，人在世上，无非想遇见一些美好的事情，弄明白一些活着的道理，才不会觉得白活一场。

一日日过去，生活像网眼一样铺陈开来，心无机事，案有好书，所有的富贵权势，不如消遣一个晴美的下午。

## 山中看雪，闲赏花

隆隆冬日，本该闲下来了。拥衾欹枕，窝在暖和的屋子里，任窗外雪花飘飘，可以别无所求，慵懒地煲汤、烹饪，做一些幸福得不可原谅的事儿。

然而，天地间如此安静，嵯峨山上之冬雪若何，茅庐茶烟之妙趣安在，怎忍心辜负这落落雪籽？于是心头一荡，披上斗篷，拎一根竹杖，推开柴扉，投入冰天雪地、往山里去，逐雪而行，看苍山负雪，草木枯隐。

蛇形野径早被白雪覆盖，只有依杖蹒跚于幽林深径。道旁树木并无他奇，黑褐色的虬干突兀的空枝搭着一些积雪，衰草、烂叶、枯枝都深埋尺寸里，大雪纷纷落下，一片白茫茫的景致，清寒至极，却夺人心魄。

飞雪有声，唯在竹间最雅。听松风，看雪落，听雪敲竹，的确是人生舒然之事。竹的挺拔清秀，雪的飘逸潇洒，既生机勃勃又情趣盎然。"片片飞霰落，色如白云浅，深处重雪累，竹折夜半声。"即便白日昭昭，但大雪压枝，竹间扑簌扑簌之音亦不绝于耳。

漫天素白的世界，最不合时宜的，还是俏立寒枝的红彤彤的火棘果，雪也掩不住，它像是一个不听话的孩子，人家冬天好不容易来了，它偏要给这冬天放一把火，烧得雪深花欲燃，或是这孩子还偷喝了一壶酒，喝得粉面桃花，红白相间，那情调和意境呀，简直无法描摹。

人烟一径少，山雪独行深。沿路的佛寺，此刻定无游客的喧哗，亦无络绎之香客，绛红色的围墙，一边是"南无阿弥陀佛"，一边是"南海观世音菩萨"，大慈大悲，救苦救难，接引极乐，钟声、梵声被无声的雪覆盖，万物在这纷飞的大雪里，刹那间归于天地之大静。

停歇间，看这山峦、雾凇、银峰，这雪飘、雪落，叹人生之岁如花兮，来去有时、沉浮有定，这生命，前不见归宿，后不见源头，喜与悲，有或无，生与灭，谁又能轻松把握？

万籁俱寂，寒风萧瑟，空山无声。怅然若失时饮酒，情最浓，意最深，即便是那些平日滴酒不沾的人，也可以小啜几口。怀中揣着二两西凤，在烈风里抿上一口，御寒暖身，再红着脸颊迎几片雪花，严寒自度。

阶上一枝梅，斜逸旁出，颜若蔻丹、艳若胭脂。"年年雪里，常插梅花醉。"人说雪花不是花，梅花才是。但雪无梅花不雅，梅花无雪不精神，梅花与雪花，一个高洁，一个暗香，一个不屑争芳，一个独守冷艳，有人偏爱雪，有人却爱梅，各有态度，何必较出高下来？

清茶有味，唯以雪烹为醇。煮雪烹茶，是从《红楼梦》中妙玉处学来。书中第四十一回"宝玉品茶栊翠庵"，妙玉给宝玉斟的一杯茶便是以雪水泡的。妙玉说，此水是五年前收的梅花上的雪，共一瓮，总舍不得吃，埋在地下，今年夏天才开瓮。宝玉细细吃了，果觉轻浮无比，赏赞不绝。

平日里在山下以雪煎茶，水，是终南山上的雪水；茶，是春时山上采来的茶叶，坐在炭火的暖炉上，听着沸水掀盖的扑哧声，檐上的积雪刚好有一块打落下来砸到檐下，那一刻，不由忘却世中事，细听雪落井臼、雪落篱栏……

山上有一眉清目秀的僧人缓步行来，双手合十，阿弥陀佛，施主有礼，手一抬，请我在茶堂品茶。两人一桌一茶，茶的清香，僧的清骨，雪的清凉，四处梵音入耳，顿时心骨澄澈，肺腑清朗。茶烟轻扬之时，尘俗皆散，所有的喧嚣与闹腾，至此都归于沉寂，干净内敛，毫无尘垢。

值正午，有斋送上。一碟腌萝卜，一碗白米饭。虽是清淡至极，却也清新可口。禅悦为食，法喜充满。庭外山势巍峨，雪覆其上，叫人想起著《浮生六记》的沈三白。这"三白"其实就是一碟白萝卜、一碗白米饭、一场积雪，我今日尽赏，意通古人，何其幸哉！

天色将暗。起身告辞，将自己置身于霏霏大雪。世界大千，雪海渺渺，这人，也似乎变得越来越小了，小成了一块白石、一棵雪松，或是，一朵雪花，寂静欢喜。只是，这山居清冷的日子，春有百花秋有月，夏有凉风冬有雪，超脱了加减乘除的精心谋划，抛舍了成败输赢的构陷算计，采果充饥，凿冰取水，割弃名禄，远离嚣攘，能在这山里久住的，其实才都是神仙。

那些特别的山客，如獾猪、松鼠、野鸡，它们也自在得很，平时在林子子转悠觅食，吃饱了偶尔嚎叫两三声，如今大雪无食，就跑去山下的农家偷食，被农人瞧见，厉声呵斥，顿时，一片鸡鸣狗吠之景象。

要说，这冬时，万物凋零，景象幽寂，最宜入画。曾赏明时戴进的《雪景山水图》，山峰奇峭，树石坚硬，房屋琼楼掩隐没，与远处的云霞相接，很是俊朗动人。再细看，庭院的屋中有几人正在下棋或玩耍，院中一人正在扫雪，路上一主一仆正向庭院走来，那种闲散与怡然的意境，令人无比向往。

于是也想，我若是画中面色平和的弈棋人，或是风天雪地里的骑驴人，一个人寻了这深山老林、千年古刹，安享一份清幽、一份孤独，该是多好？

素雪、明月、幽梅，最怕世间最美之物碰到一起，生出相见恨短、患得患失之情来，尤是在这山林间，一间茅舍、一怀月光、一地白雪、几朵梅花，却少个一起赏雪、赏月、赏花的人，岂不是徒留惆怅……

都说这雪景美得不可方物，可这山川河流，因雪而生动，却也因雪而凝滞，因雪而娇艳，却也因雪而受冻，所以，这雪，好也不好？

暮雪簌簌，茫茫天地，纯白至极，人恰如一痕，偶有只鸟飞过，山愈显幽静。吾在山雪中伫立，怔怔然，不知何时，亦成雪人一个。

## 第二辑

## 紧是生活，慢才是日子

"人在世上走这一遭，要么折腾生活，要么被生活折腾，曾经想要逃离的，最后拼命回归，曾经热切追求的，最后设法摒弃，终其一生，都是在给心寻找一个安顿的地方，曾经地动山摇的经历，变成了云淡风轻的过往，曾经平淡无奇的日常，却成了人生里最难舍的滋味。"

## 无事最可贵

生活因希望而美好，就像这初春的山野，虽然衰草连天，枯枝遍野，却因为孕育一个无比美好的七彩春天而更令人期待。

山上的气候总比山下低上好几度。虽已是二月时令，雨水方至，这山里依然有雪覆在桥上、木墩上，成了恰到好处的装饰。再说这小雪吧，也任性至极，说来就来，说走就走，此时刚好飘然而至，洒落到河沟、树林、石阶，地面是湿润的雪水，天地迷蒙一派，恍然有若梦中。

亭亭山上松，雨雪不能摧。小雪霏霏，松树像是蒙了一层雾，绿茵茵的。即便是经过冬雪倾轧，也青葱如碧，这霏霏小雪，只能是它的陪衬而已，人说松乃长寿之象征，入这深山老林，吸取这松柏之气，吐纳呼吸，不由精神大好。

俄而天气放晴，百雀鸣枝，又是一番景象。山间景象，晴也好，雨也好，雪也好，变化万千，随意皆是景。

或有人说，此时的山野，枯木衰草，青黄不接，还有什么好看的么？山色百态，美各不同，春日百花盛开、山川披红挂绿固然好看，但这初春的萧冷、寂静，又何尝没有另一种魅力。

山坡上荻草茂盛，荻花成片，《诗经》里它有个美丽的名字，叫蒹葭。"蒹葭苍苍，白露为霜，所谓伊人，在水一方。"更显得玲珑剔透、美得不可方物，可实际上，荻草在这样的山坡上、河沟旁，随处可见，在风里浩浩荡荡，平日里，我们采了荻花回家插在瓶里，别在门扣上，也别有风味。

夕阳西下，半竿落日，想起贺铸的《眼儿媚》，"今宵眼底，明朝心上，后日眉头"，在这荻花开白的村庄，只看一眼，便满是一夕忽老、两鬓飞雪的离愁别绪，那种诗情画意让人心发痒。

松果缀树，小径上飘动着奇异的香气，闻之心神荡漾，恨不能随着那香倏忽而去，化成枝头安静的一只松果，在葛藤飞挂、纠缠交错中立于溪水河畔。把扶着藤条，从坡上下到河沟，人蹲坐在宽阔平坦的顽石上，水哗哗流着，水面上漂着白色的大块浮冰，看泉水从石缝倾泻而下，冒出腾腾水汽，感受这寂静与喧腾，便有了"我心素已闲，清川澹如此"的自在。

顺着河沟爬过去，只采到了松果，竟然一个松子儿也没有。只折到了一把松枝，渗出的汁液粘着人的手，那就折几枝松枝吧，那油油的香味也足以让人沉醉流连。

很多松鼠在树枝上蹿来蹿去，土灰色、黑色和彩色的，有的捧着松果，乌溜溜的眼睛东瞅西望，还有黑白相间的山中野鸡，瘦而健硕，绝不如家中饲养的那般肥硕，却个个气势如虹，身上负着细细的小雪，在山里漫步、觅食、探头探脑。这个季节食物稀少，但它们用有力的脚爪刨开树叶、地皮或埋得稍微深一些的地方，寻到草籽儿，若是足够幸运，寻到松籽儿也不是没有可能。偶有一两只母猴，在山道上抢行人的食物吃，若未得，便对人龇牙咧嘴，露出鲜红的牙龈，远不如百灵鸟那么欢快，一直啾啾啾叫着在树枝上跳跃，圆圆的脑袋东瞅瞅西望望，人看着就高兴。

要说，这些小动物有自己的可爱，不会朝三暮四，也不会三心二意，建造、觅食、求偶，做什么都专心致志一心一意，享受其中，令人喜爱敬佩，这让人想起林清玄的那句"无事最可贵"。饥来餐饭倦来眠，专注于当下，内心宁静清明，没有烦恼打扰，不会胡思乱想，吃饭无事，工作无事，睡眠无事。无事之人，并非闲杂的人，却是心无旁骛、心无杂念之人。

顽石绿苔，古树老根，枯草、枯枝漫山遍野。城里有雾霾，这里有清新空气，天然氧吧。"不炼金丹不坐禅，不为商贾不耕田。闲来写就青山卖，不使人间造孽钱。"

清寂的山野，寒风吹起来的每一粒黄沙，随季节飘下的每一片落叶，如尘世之我，与自然相生相融，彼此照应，与草木为伍，随岁月而安，温暖而明亮，静寂而安然。

清风明月，草木清香，你想要的，山野都有。你倚着柴门，听风吹枯树，雪压松枝，心底真是莫名激荡。

朱瞻基在《乐静诗》中说，"已觉乾坤静，都无市井喧。阴阳有恒理，斯与达人论"。乾坤安静，没有市井的喧嚣，阴阳自然是亘古不变的恒理，就不要争论不休了。在喧闹的钢筋水泥丛林里生活太久，如今心甘情愿做这山川草木的奴隶，安于一人，于山中虚度时光，与山水共清欢，与草木诉衷肠。

世事百转，是永远也参不透的一卷心经，若人不可相依，便把自己交付于这山水草木，研花作诗，蘸雨为墨。寄托于海阔天空，在安静无争的世界里，寂寞却欢喜地活着。

下山时，我抱了一怀结满了松果的松枝，还有荻草、狗尾巴草，准备回家插到陶罐、瓦瓮里，一定会很美。至于春林初盛，春暖花开，不急，春风正在来的路上。

## 与一杯茶对坐

一个飘窗，一方小小茶席，茶杯在锅里小煮，水汽氤氲，茶盘涸湿，痕迹犹在。小半晌的聊天，天地山河，风吹万物，心怀宽阔。

斜坡屋顶，青灰布瓦，石灰土墙，褪色的老藤椅，多处开裂的桌腿，爬满了青苔的四壁，黑色案几，"美人肩"里斜倚的一枝花，喝一杯茶，静一颗心。

一席茶，洗净了沾染的污秽，人在草木间，心归朴素，清如露，静如水，开始了一场心灵的清修。于阳光的午后，或细雨的窗台，沏上一壶，往日的浮躁、喧嚣，渐渐于烟雾间隐去。

这尘世，有人于高处起舞，有人将自己归于尘埃，唯有清茶，以干净清澈之眼，洞悉世间万物。当温热茶汤于肠胃间流淌百转，冰凉的身体逐渐复苏，人间烟火，素简、清净、祥和，万千情意，感怀于心。

《小窗幽记》言："独坐禅房，潇然无事，烹茶一壶，烧香一炉，看达摩面壁图。垂帘少顷，不觉心静神清，气柔息定。"

当今时代，生活的压力与无常，常令人倍感焦虑，不妨松口气，坐下来，喝喝茶。未必是茶多好喝，只是很多时候，需要一个让人坐下来的理由。

万亩一叶，遇水而活，一杯入喉，愁绪、不平、孤单，皆如尘烟消散，没有一杯茶解决不了的。若有，就再来一杯。

曾经，总盼有个懂你的人，陪你说话。最后才知道，人来人往的时间里，大多是一个人的孤独，多长的路，终归得一个人去走。人生天地间，忽如远行客，所谓知己，不过如面前的一杯茶，无须附和，亦不必认同，安静地与你对坐，足矣。若心入茶，茶不负人。

"有时候我昨天遇到一个人，感觉他非常有意思，印象深刻，但后来就再也遇不见了，这就是人生。"人一生的际遇，就像那一杯顺口的茶，谁能说得清。遇见那个心动的人，只一刹那就过去，是一种美好，选择一个人，即是选择一种生活。若天意难违，就将一份情非得已，权作生活的布施，欣然悦纳。好与不好，愿或不愿，恩怨情仇，爱恨憎怨，皆如尘泥。

清心品一杯茶。在淡淡的苦涩里懂得，人生路上得的病，最终还是需要自己去医治，在时间的长河里休养生息，没有经历岁月的洗涤、冲刷、漂白、消化，病根剜不掉。

人最大的幸运，只不过是爱到一个恰好的人，喝上一杯爱喝的茶。百千个孤独的日夜，他未来，你不在，只有面前这一杯茶，脉脉不语，从山林幽谷中走来，从沟壑山野中走来，来到你面前，红尘嚣嚣中，与你默然对坐，低眉可亲。

一精舍，一席茶，一池荷，一枝花，心无机事，欢喜自在，便是一段无尘的时光。

很喜欢查良镛的一句话：人生就是大闹一场，然后悄然离去。如今，一生里大半程的路已经走过，笑也笑了，闹也闹了，酒筵散场，岁月侵蚀磨砺中，怕是谁也难以做到毫发无伤，人间清平，如一场场花事，该萎落时萎落，该重来时重来。当身边的人一一离去，所有的热闹，都成了曲终人散，那就让心静一静，在茶席中莲花而坐，梳理那些时间轴线中的凌乱和无序，打扫内心的空间，来安放一些旧事。

烧水、投茶、注水、出汤、斟茶。一生的浮沉，似乎在拿起、放下之间，繁华落尽，真淳毕现。泼茶、品茶、倒茶、换茶，轻微的转旋里，万事万物都变得云淡风轻，盈可一握。万丈红尘，千秋大业，都纳入一口淡淡的茶汤，任世间风云变幻，我自淡泊静好。

"七碗受至味，一壶得真趣。空持百千偈，不如吃茶去。"贪嗔痴，怨憎恨，爱别离，一盏清欢入喉，安静也好，快乐也罢，像是换了一种生活方式，重新活了一回。于是明白，很多人表面风光无限，实际内心可怜，有人得而不爱，有人爱而不得，皆是平常，便原谅了世间的冰冻与严寒。品茶可清心，怨念至此消。

看这茶，在沸水中千煎万煮，汤淋火淬，辗转浸泡，平静绽放，盛开成花，似教导人取舍之法，或唯智者能解：没有心宽似海，何来风平浪静？而茶之"雅志""礼仁""行道""修身"四德，亦是人难以参破的心经，唯借茶香茶烟茶韵，构建淡泊谦和之意境。

人至中年，犹如高处观物，活于当下，珍惜眼前，名缰利锁，皆身外之物，看淡烦恼利欲，啜饮手中一杯薄茶，越喝越淡，越喝越浅，将茶轻轻拿起，缓缓放下。这茶杯，注满了，就溢出，不如泼了去，再注入新茶，悟人生不快乐，原只因为安静之时太少，而想要的太多。

人非有品不能闲，品茶即是养心。人生需要准备的，不是多么昂贵的茶，而是一份喝茶的心境。寻一安静的午后，往阳台的藤椅上一靠，无琐碎事扰心，无嘈杂声乱耳，偶寄闲情，悠然独处，时间慢慢流淌，来，静静地喝一杯茶。品之为菩提，饮之乃真味。

"只要有茶，中国人无论到哪里都是快活的。"人生有味，淡然最美，愿每个人都能找到属于自己心中的那盏茶，和那个陪你喝茶的人。

## 一百个日子，就是一百个美好

几点苔痕，绿芜绕墙，回归自然，亲近泥土，一方小院，是最令人向往的生活方式。

顺着楼梯爬到三楼顶，一下子呆了。宝石蓝的天空，雪白的云朵，在碧绿的树叶上漂浮，这是属于我的一方天空，远处是白鹿原，是秦岭，是滨河水，眼睛像是被清水洗过般，舒爽、清晰、明亮。

实在迷恋沾着青山和泥土还有庄稼的农家气息。

可以在蒙蒙细雨里，裸露手臂，坐在楼上看近处高低错落的屋顶，看远处的庄稼田野和村庄。若有一道闪电，或许恰好把世界与我一起，映成黑白色。

午后，闷热中睡起，喝一碗母亲熬好又冰镇的绿豆汤，也会灌进瓶中带走。小孩穿着背心，一边贪婪地吮着冰棍儿，一边用手背抹去跨过黄河的鼻涕。

山峦叠嶂，鬼魅般巍巍匍匐，绿发满头，又在山腰处变出花花绿绿的魔术。电线杆子就是小孩的发夹，夹住长长的发丝，夹在道旁、夹在山坡。

山底有一老宅，推门而入，一清阔小院，人就居在这清凉处，伸开手臂，伸个懒腰，动也不想动，只想把这日子就这么蹉跎了去。

爬墙虎给山墙设置了一个绿色的屏障，根扎进墙里和稍有松动的缝隙。爷挥起柴刀将它砍断，也很费力气。没了根系的滋润，又经日光的暴晒，叶子很快就干枯了，只等一场风雨，任其飘零。

人口渴了，直接钻进菜地，对黄瓜挑挑拣拣，不要长老了的，也不要不匀称的，专挑粗细适中、满身倒刺的，然后用长满老茧的手从头至尾一捋，毛刺就渗出汁液，"咔嚓咔嚓"黄瓜就下了肚。

老宅真是个宝藏地儿。又淘出一套石磨扇，这算是老古董了，如获至宝。父亲也曾推过这扇磨，磨粮食、磨面粉，如今落到我手里，我也学白乐天，乐呵呵地吟那首《双石》诗："回头问双石，能伴老夫否？石虽不能言，许我为三友。"可不是，人皆有所好，物各求其偶。偏偏我就喜欢这村落遗散各处的石磨、石碌碡、石槽……

说回这磨扇，上下两合，置于小院，一天然茶盘，两三茶友，相对而坐，无论是饮铁观音、龙井还是金骏眉，都有凉风习习，有花可赏，而茶根之水顺孔而流，注入小渠，浇花养草，来日更加茂盛。人呢，也借这吉祥之物，说一句"好事多磨"。

小院的建设还在继续完善，接下来还有很多事情。但匠人都不心急，他们早七点来工作，十一点收工，下午三点再来，七点又准时收工，一分钟也不多干，甚至有个匠人站在我引以为豪的三楼顶，看着我沾沾自喜的蓝天和白云，竟然嘲笑我这里"什么也看不见，没意思"。

我去过陕寨、马子湾，那边沟深林静，的确美不胜收，我也无话可说。但是我们这里，老树荫翳，沿路野花，野雀子飞来飞去，也不见得比不上陕寨。再说了，我爬到三楼顶，能看见白鹿原，能看到绕着弯儿的灞河水，伸手能摸着蓝天，有多少人能和我比呢。

何以消烦暑，端坐小院中。挑一空阔处，支张桌，面前有花，蝶飞蜂舞，人于院中清坐，净水烹茶，悠然举目，意至南山，方寸之间，百年时光，恍若须臾。

这个时候大葱早已退场了。一个星期前母亲才把新葱壅好，葱白尚未生成，只有松软的葱叶勉强挣扎。豌豆蔓匍匐在地上，豆荚里的青豆恰好可食。新土豆下来了，拔起杆吊着几个洋芋蛋蛋，哗啦啦一抖，土坷垃抖掉了，新洋芋用筷子轻轻碰一下，黄皮就翻卷掉，露出白生生的芋肉。

这小村落，也有意思得紧，一年四季，变幻莫测。一季红了，过一季又白了，一会儿麦子绿了，一会儿池塘水涨了，一会儿谁家的猫就下了一窝崽儿，叫唤不停，真是热闹。还有那个记忆里还是光屁股流鼻涕的小伙伴，而今又娶上媳妇儿，抱上大胖儿子了，一切都是活泼泼的，让人能真切地感受到什么是茂盛，是生机，是葳蕤，甚至是生命，是活着。

我常喜欢坡上坡下到处走走，看看沟，看看渠，看看溪水，看看青石，看看一眼望不到头的田野、绿地、树林子。狗子跟在屁股后面跑，它们也快乐得很。

但前日，我家的狗在和别家的狗的战斗中败下阵来，后腿伤了，跑起来一颠一颠的，现在看到胜利狗时也没了气势，连叫声也是隐忍和无奈的，只能摇着尾巴，张着大嘴耷拉着耳朵在我面前哼哼唧唧，用头蹭着我的脚和腿，或者用前爪在院子里刨了几个土坑，肚皮贴着地皮下巴颏搭在前腿上趴着休息，呼哧呼哧喘气，鼻孔气息把地面的浮土吹出七八公分高，一会儿就睡着了。

清风吹来，拂动杏树树枝、核桃树枝，鸽子在屋檐角起起落落，咕咕叫着，但小院子一点也不吵闹，反倒愈加安静了。

就中意这样简单明了的日子。一屋一院一床，一花一草一鱼，洗把脸，吃顿饭，遛个弯，睡个觉，一天就过去了，一百个日子，都有花香盈袖，一百个夜晚，都是酣睡如泥。

## 平常，才是生活的真相

人一生里做不成几件事，也不一定能做成大事。平凡日常，人总想折腾出点动静，弄出点名堂。

过日子不徐不疾的人，刷牙，洗脸，用餐，作业，每日程序一样不少，时间一秒也不紧缩，别人以为是浪费，其实赚大了。

平淡的生活，以厚实的内心为基，简直就是完美。

明知有风头，却不去抢，明知有便宜，却不去占。只想占便宜的，吃的都是大亏。功利心太强，对生活用力过猛，对生命实际是一种煎熬。

越是日常，越是鲜活。街边摊，小市场，衣服。熙熙攘攘，吵吵闹闹，花花草草，一日三餐，洗衣，买菜，做饭，洗一个澡，喝两杯茶，平常的小日子，并没有什么特别。天忽晴忽雨，水时涨时落，花又开又败，都是平常事。

干净，自然，真切。不费心钻营，对名利、权欲高抬贵手，把明月、清风、自在、从容照单全收，饥则食，困则眠，把心腾出来，感受当下日子，活出一种清凉，活出一种欢喜。

农家小院，日光从树枝缝隙穿下来，落在院子里。父亲抽着廉价的纸烟，叮叮咣咣在修理家里的旧电视，母亲踩着缝纫机，发出"嗒嗒嗒"的好听声音，孩子们趴在桌上写作业，加减乘除，唐诗宋词，写着写着就歪着头睡着了，口水淌了一本子。炕头被子方方正正，斜挂在墙上空的铁皮水壶，半开半掩黑色的油漆门，它们都安安静静，不言不语。

寻常人家，寻常景致，一切都自自然然的，不张扬，不沉溺。挺好。

夏日小院，一把蒲扇一块瓜，冬天屋内，一台炉子一壶茶，家人闲坐，灯火可亲。

味淡声希，如是本然。

城里人五六十岁就退休，无须再为生活奔波劳作，在家安享天伦，乡下人七十多岁还有很多人在干建筑和水泥活儿，乡里乡亲的，一家盖房子，这一锹，那一铲，搬砖的搬砖，垒墙的垒墙，一个月三间大房就成了，大门庭，带院子，务弄花草菜园，日子就开始了。

农家气象，四时风景，幽赏不绝。春季迎春花绽放，灿烂如金，田塍间蓝的紫的粉的白的各种花开，散步时随手折几枝，插在案头；夏季天气多半干燥，但常有疾雨落下，空气变得湿润，泛起泥土的气味，雨收后，天又立即干燥，植物喝饱了水分更加生机勃勃；清秋良夜，月光穿过廊亭或树缝洒进来，清风徐来，树影晃动，虫声唧唧，蛐蛐经常蹦得撞到人，人坐在院里，感觉时空刹那凝滞；冬日飞雪漫天，气温骤降，家家囤积柴炭，起火生炉，围炉煮茶，壶水嗞嗞作响，柴火毕剥。四季流转中，常常一边读书，一边写文，把对自然的奖赏、光阴的美意、内心的跌宕，组合成一个个汉字，然后慢慢品尝它的味道与意蕴。

如今年纪大了，嘉木清凉时，就在树下，一把竹摇椅，或是一张竹床，一张凉席，人就躺着，看被绿荫遮挡的天光，枝上知了鸣叫，枝头有落花轻轻坠下，远处微微有风，不知不觉鼾声渐起。

袁中郎说，世间第一等便宜事，真无过闲适者。

每日少食多餐，煲汤，两道下饭菜，一碗白米饭。每隔几日，要在街道上排队买老张家蒸馍，又白又软和又筋道，两块钱五个，就咸菜，喝粥，就很香。隔壁是卖猪肉的小伙，胳膊上都是块儿，围皮群，把右手刀、左手磨刀棒，哗哗一磨，肉剁得啪啪响……

生活如此安定，简直是一种福分。

没有烦事扰心，无蝇营狗苟，汲汲名利，时间过得很慢，黄昏时散步，早睡早起，写字，浇花，为搭狗棚满身泥，心里也陶然，也悠然。

小情小调最怡人。苏东坡对这寻常生活也是火辣辣地爱，写他秘制的东坡肉：慢着火，少着水，火候足时它自美。学酿酒也有一套：一日小沸鱼吐沫，二日眩转清光活，三日开瓮香满城。

并不满足。他还总结了十六件"赏心乐事"：清溪浅水行舟；微雨竹窗夜话；暑至临溪濯足；雨后登楼看山；柳荫堤畔闲行；花坞樽前微笑；隔江山寺闻钟；月下东邻吹箫；晨兴半炷茗香；午倦一方藤枕；开瓮勿逢陶谢；接客不着衣冠；乞得名花盛开；飞来家禽自语；客至汲泉烹茶；抚琴听者知音。

这样的人，生活里自然趣味多多。把趣味安放在平常生活里，平常的日子也过成了动人的诗书。

柴米油盐酱醋茶，生活里的热汤与烟火，不管你接受不接受，平常，才是生活的真相。说到底，还是内心有喜悦，日常处处都是乐事。

世事茫茫，无论多么热闹的一个人，人最终都得一个人走，忍受孤独也是人生的必修课。人穷极一生，都在学会如何与自己相处。夜阑人静，也会回想一生里重要的几步，有后怕，也有庆幸，唯望往后的日子，能够安顺平和，稳稳地走下去，不求从天而降的惊喜，亦不要突然而来的变故，只愿经过岁月磨砺的内心愈加厚重成熟，以从容微喜之心，应对未知的风雨。

内心因丰盈而清透，灵魂因纯真而深邃。人生的更迭中，我们总能找到清欢的密钥。内心精致，什么日子都美好。吃遍山珍海味，才发现五谷杂粮最有滋味。生命的缘来缘去里，你刻意追求的东西，也许终生得不到，而不曾乞望的精彩，却会在淡泊从容中不期而至。

平常心看世界，平淡心观人生，人生所触，皆是风景。

## 愿以素心待日常

人一步步往前走着，不知不觉小半生过去，就变成了墙根儿下一朵自开自落的闲花，或是村落里一间寂寂无言的老屋，什么都看惯了，什么也都能装下。

风闲物美，依然有痴恋、有深爱、有坚守，但没有了执着心，那些空阔和高远也都落了下来，粗茶淡饭、布衣素手，浣衣、煮饭、扫尘、莳花、惹猫、遛狗，以最自然的状态度日，生活真真切切、实实在在，内心倒无比安稳妥帖。

曾想，日日相见的文字其实是一场与自己内心的对话，心急之时口不择言，就少了些意思和韵味儿，也像是在绣花，若一针一针细细地绣，针脚就不会太差，即便作品越来越少，但少而精，也不觉有遗憾。

或许有一天，一个字也写不出来了，但已留下的文字，希望多少年以后翻阅旧卷，不会惭愧地想要一把火烧掉它，而是岁月渐长，它同你一道经历雷电、风雨、刀劈、斧钺、泥泞、荆棘、鲜花、簇拥……依然会散发光芒，充满力量，那才真的是好。

人也变得越来越没出息，断不想立于高楼繁华处，家乡的山野漫漫、炊烟飘摇，与内心的声音相接，总想要隐到乡下、遁进山里去，如南宋蒋捷所云："只把平生，闲吟闲咏，谱作棹歌声。"和那里的田野、土地、雨水、虫鸟、花草、乡土风物混杂在一起，像一片树叶、一个花瓣，美也美了，败也败了，随后腐烂，埋进土里，来年，又是灿烂的一季。

山野多彩，一阵风吹过，它就绿了，又一阵风吹过，它又黄了，我见青山多妩媚，料青山见我应如是，完整的全局，精致的细节，处处引人入胜。我是常在这山里散步的，看看青草繁茂，树木葳蕤，蜂舞蝶飞，如果走累了，就停坐在小径旁的青石上，听风一缕缕穿过山林的呜呜声，看面前树上的叶子一片又一片前仆后继地下落。

最缠绵家里这一处四方庭院。一棵古老的槐树，几株素淡的小花，我常在午后沏一壶茶，懒懒品着，或坐在藤椅上打盹儿，享受着泻漏在小院东墙上的暖阳，听鸟雀在树间鸣叫，枝头有花瓣轻轻坠落肩头，四时风景，用取由心，任悲喜流淌、尘嚣渐远。

朴实的乡人也格外亲切，脸庞黧黑的农人们戴着草帽、打着赤膊，在莽莽绿野间挥汗，大婶大妈挎着菜篮子，衣角扫过露水，趁晨凉在地里采摘茄子、西红柿、黄瓜、丝瓜、豇豆，不一会儿，叮里咣啷、炊烟袅袅，那是日常最醉人的烟火。

门口来了推着小车、放着瓦罐卖豆腐脑的，两块钱一碗。笼布和盖子挪开，热气轰一下冒出来，眯着眼噘着嘴吹开罡人的热气，用铁勺舀了两勺白玉般细嫩的豆腐脑，放在青花图案的喇叭头碗里，撒点黄豆葱花香菜，佐以醋香油盐巴，美死了，乡里人就稀罕那个味儿。

树下拴的两只羊，肚子吃得圆滚滚的。挤羊奶的老婆婆头顶蓝色手帕，用褐色的树干般的手指揉着羊奶包，一下一下把乳白色的羊奶挤进奶瓶，乳浆顺着瓶子肆流而下，形成好看的伞状的幔，婆婆将挤好的奶用纱布过滤，坐在水锅里，架柴烧开。水咕嘟着，揭开锅盖，漂着奶皮的瓷碗乳香荡漾，婆婆一口口喂给自己的孙儿喝。

集市上，苜蓿、香椿、野蒜、苋菜等野菜都捆成一小把一小把地出售，地摊上是廉价的衬衣、拖鞋、皮带，炸油糕油条的店家向人招徕，骑电动车、自行车、步行的人们穿梭来去，市场风尘仆仆又热气腾腾，那种鲜活生动的画面，就是"欢喜"两个字，是俗世里的好。

闲来无事的乡里人聚在村口、天井、大门外或后院外，三三两两、三五成群，讲一些东家的长、西家的短、庄稼的长势，或是搓麻将、逗小孩、腌萝卜、睡大觉、纳鞋底儿，言白如水，语浅如溪，仿佛在煮一壶清茶，茶是山中的茶，水是山泉的水，都用小火细细地烹着，平常的日子，因为有了这些家长里短、风雨闲话，似乎也变得格外有味。

桃花、杏花、梨花，大丽、红苕、拐杖、木槿都一季季开着，伴三声鸡鸣，两声狗吠，风说来就来，雨说下就下，但都来得正好，是恰好的美。人们抱柴、生火、煮饭、浣洗、纳凉、取暖，在烟火缭绕的日常琐碎里独享天地、日月、江河、星空，在属于自己的光阴中感受这触人心怀的美，品尝对尘世的无限深情。

人生的一分一秒不知不觉过去，忽地变成了一年、十年、几十年，剩下的日子屈指可数，但世界依然如此宽阔。所以，心上有事的时候，不要一个人闷着，往死胡同里钻，去四处转转，看看小酒馆的灯光，看看服装店的旗袍，还有变幻的街景。或者，去看一下书院门的字画，西仓的玉石文玩，懂得了自己渺小和琐碎，一切的烦恼，更是不值一提。

下雨的时候，风把窗户刮得呼呼啦啦，雨大颗大颗地从屋檐掉下，砸得盆儿当当地响，人就走到门口，斜依门框，看雨忽大忽小，看天色忽明忽暗，就胡思乱想，此时若是世界末日，自己还有安身之处，还真是幸福呀。

人在世上走这一遭，要么折腾生活，要么被生活折腾，曾经想要逃离的，最后拼命回归，曾经热切追求的，最后设法摒弃，终其一生，都是在给心寻找一个安顿的地方，曾经地动山摇的经历，变成了云淡风轻的过往，曾经平淡无奇的日常，却成了人生里最难舍的滋味。

多年以后，回首风烟往事，鹅黄嫩绿、绿瘦红肥都过去了，碧树流云、清风朗月，在细水流长的日子里，与花低首相见，与清茶低眉承欢，原来花无香、茶无色，只把闲书低吟，把锦字浅唱。

## 内心有光，生活才如诗

至少有两个月没有去理发了。原来是每月一修剪，哪怕跑二十多公里，都要去步行街，找那位叫"辉"的理发师，价格从十元涨到五十元，也是心甘情愿。如今家门口也有手艺好的理发师，袋子别在腰间，剪刀在手里转得老欢了，细细高高的年轻人，看起来又帅又潇洒。可自己就是没了理发的兴致。

最近一直有点萎败。安静的时候，万事皆好。此时，人忙着，陀螺一般，心却万分地不踏实。

家里的小黑猫几次跳上窗户，呆望着楼下，我不知它是否想要逃跑。这里有吃有喝，还是向往窗外的景色。它是家里的一分子，可如果能说话就好了，给它的主人说一说它快乐或是不快乐，每天的伙食如何，和我聊聊天，解去多少烦忧。我经常看见它优雅地斜卧在桌上，两只水汪汪的大眼睛随着你脚步游移。

有时想，最能打败自己的，不是风，不是雨，平时什么问题都难不倒，而是自己最在乎的那个人。一下子就乱了。像是在心里种下一个魔种，天天激着荡着，寝食难安，有一种疼痛，谁也看不出，也不需要谁知道，失魂落魄，神不守舍，内心支离破碎。

那个魔，你是要想方设法克制它，回归到正常的生活来。时间帮助你，是最大的帮手。原本挺快乐一个人，忽就沉寂下去，觉得人生不那么美妙了，心情沉得像压了千钧，感到渺茫无力。

不得不去思考，人到底是为了什么活？为了自己，还是为了亲人？当我思考明白的时候，我就变成了一位哲学家。继而更深层次的问题，"如何才能活得快乐？"再厉害的哲学家，怕是也难以说出标准答案。

生而为人，衣食住行，爱恨情仇，生老病死，旧的断了，又有新的烦恼生出来。世上哪有听话的孩子？哪有不唠叨的父母？哪有不生口角的爱人？哪有一点都不糟心的事？月圆了，月又缺，花开了，花又落，如天黑天明。你即便能上天入地，也不能阻挡，且无力阻挡。本来好端端的，吃饭，洗衣，散步，休息，刷牙，睡觉，起床，工作，按部就班地生活，忽然某个环节就不对了，工作上出现了不好的变动，身体年久失修的房屋，生活忽然和你翻了脸。你除了掌控好自己的情绪外，还能做什么呢？

还有，你所谓的"为了别人好"做法，到底好还是不好？你费心劳神，别人不买账，自己伤筋动骨，气得半死，于事无益，倒是总结了明智却不负责任的做法，就是任由他去。

人一生里，除了要面对无常和跌宕，还有贯穿其中的细碎和日常。这是最大的难题。爱情、友情、工作、事业，多少事都是败在日常里。以一颗平和的心，打理日常，需要做一个长久的计划。

佛语有云："人生在世如身处荆棘林中，心不动则人不妄动，不动则不伤;如心动则人妄动,则伤其身痛其骨,于是体会到世间诸般痛苦。"心,原是最大的情绪元,和世界并无多大关系,时而孤独,时而快乐,时而丰盈,时而无助,乐与忧,爱与憎,怒与惧,存乎一心,内心有光,生活才能如诗。

人生,再好的两个人,即便手牵着手,也都是各自为梦。你入不了他的梦,他也入不了你的梦。若认清了这个状况,这实在令人沮丧不是?

没有不生龃龉的亲人,不生罅隙的友人,不生怨怼的爱人。别人的事,不掺和,不搅和;自己的事,内心不平,就学会做自己的说客。

弘一大师有一句话,说:"我这个人做事跟别人不一样,我不求成功,只求失败。"值得让人玩味一辈子。我们渴盼成功,事事顺心,弘一却只求失败,他认为,我自己并不优秀,并没有那么好,失败才正常,不如意才是刚好。该是一颗多么谦柔的心!

好与不好,爱与不爱,想一想,努力过了,付出过了,内心便坦然了,那还郁闷什么呢?不如快乐起来,把世界当一个球,玩一玩。

没有感知过痛苦,便难以感知快乐,真实的快乐,其实是身体的无病痛,精神的无纷扰。生活的哲学,都是如何面对处理烦恼的哲学。菩提是水,烦恼是冰,有烦恼时,水结成冰,烦恼消除时,冰化为水。

常看见生活清苦清淡的农人们,他们的快乐并不比城里人少,笑容真诚朴实。而很多城里人,生活优渥,却面目无光,一脸愁容。

钱锺书说:洗一个澡,看一朵花,吃一顿饭,假使你觉得快活,并非全因为澡洗得干净，花开得好，或者菜合你的口味，主要是因为你的心上没有挂碍。

内心有光，生活才如诗，生活并不完美，但并不代表生活不美。把石头扔进深海里，不起波澜，扔进池塘里，就如涟漪般一圈圈荡漾开，层出不穷。万事在于心，心安顿好了，花也开得好了，菜也合口味了，澡也洗得干净了。

烦恼是根葱，往里一看都是空。夜里睡去，就像是死了一次，每日醒转，又像是重活了一次。烦恼里，有人生哲学，也有生活的诗意。说到最后，所谓人生，只是一个人的清秋大梦，是一个人的山河岁月，一个人的悲欣交集。

## 日子淡淡地过

在家里，关掉最后那盏灯的人，一定是主心骨。

以前是母亲，半夜起身，关掉屋子里最后一盏灯，再悄悄摸黑回房躺下。不知何时，已悄然换作我，在家人酣睡时，自己不知被什么惊醒，看到透过门缝的灯光，就轻轻起身，拉上门，按下最后一盏灯的按钮。在客厅有风吹来的凉意相送下，回到床上，思思量量。

经常在夜里醒来，踱几步，然后再躺下。见了小孩子就不由多看两眼，还笑笑。刚吵完架就想和好。曾经深刻到不共戴天的伤害也轻易就能原谅。曾经，怕活着的时候钱挣不够，现在，担心死时花不完。还有些时候，脑子里像是坏了的电视机，哗啦哗啦，"呲呲"地响，什么图像也没有。停下来时，有另一个自己忽然升到半空问为什么会这样。这个我想也不想。

所有的失去都以另一种方式归来，所有的获得也都以不同的方式去获取。有人伤，伤在脸上，有人疼，疼在心上。有人爱吸烟，吸烟爱吐几个圈圈，吐得越多，越有成就感；有人爱饲犬，驯得能开门，能护院；还有人的喜怒哀乐，就得意；有人爱当猫奴，做铲屎官，看到萌宠的眼神就喜欢。

人生里，每人都在寻找一种秩序，既能让自己舒服，也能让他人如沐春风。有些人自以为找到了，有些人还在长途跋涉。可越往前走，越觉着孤单，像夜里的风在车站乱窜。

老舍讲："生活是一种律动，须有光有影，有左有右，有晴有雨，滋味就含在这变而不猛的曲折里。"锅碗瓢盆，人间烟火，谁也离不开，但就是有点心不甘。人活在世上，像鱼活在水里，总想多吐两个泡泡。闷了，还想浮上来喘口气，望望天，最后，还是一个猛子扎进水里，摆摆尾巴，游向自己也不知道的地方。

甘与不甘，皆是寻常，都是生活的本真味。

和人聊天也讲究。聊正事，不如聊聊闲事。求人办事、设法赚钱、受人恩惠，不是愁累，就是头疼，紧张且无趣。没了得失心，则声气舒展。若聊闲事，家长里短，内容丰富，言者轻松，愉悦身心，交流经验，垂钓、远足、弈棋、诗词，乐在其中，无功利，乐趣自现。可若遇到一两枚不懂风情的，聊着聊着认真起来，就是要论个究竟，较个输赢，脸红脖子粗，揪领扯衣袖，那就大煞风景。这样的人也是有的。

有时，生活净和人开玩笑。没有那么多郑重其事。雨水下来时，你背着手去溜达，拖鞋"扑哧"一下踩到烂泥里，走又走不掉，拔又拔不出来，舞动双臂，费劲地拐着双腿，那种尴尬的样子，连旁边的花草都会笑你。

看一朵花，吃一顿饭，洗一个澡，闲静少言，不慕荣利。万事可也不尽让你爽透，即便这人人艳羡的小院，安静美丽，树影婆娑，繁

069

花开遍，一椅一几，清茶相伴，但你转个头，端起茶杯送到唇边，猛地发现有茶中一些不明之物，定睛一看，白里杂灰，灰中掺白，干湿未定，形体不辨。

于小院喝茶，倦于尘世繁华，本是一种静心和清享，肠胃的冥想，消除身心疲累，品咂清淡的苦味，思想臻于安静平和，本想进入一重更高的境界，却是树上那不识时务的鸟类干的好事，败了喝茶的兴致。

搬来藤椅，或卧或坐，良书在侧，读也可，不读也可，凉风拂面，花香袭人，一番自在畅谈。然，清风不识字，何故乱翻书？亦有此一问。翻就翻吧，呼啦呼啦，翻得如此忙乱，趁机还要意欲撕扯走一两页。这可不行，爱书之人平日翻书都小心翼翼，岂能让风肆意？

书，是给那些需要读书的人读的。想起这么一句话，"如果不是生活所迫，谁愿意把自己弄得一身才华"，不由会心一笑，补给精神食粮，点迷津，开茅塞，浑浑噩噩花天酒地醉生梦死，谁去读书。

整日与花为伍，常想这些花呀，有些生在柴禾堆里，有些生在深宅大院，但花还是花，该开一样地开，该落一样地落，并无什么不同。

日子淡淡地过，时间慢慢地煮。风来迎风，雨来挡雨，花开赏花，雪来煎茶。最后，好事坏事，都成往事。人活着，要的就是那个热乎气儿。连个泡泡都不吐的鱼，会是什么鱼呢？

我曾做过一件至今想起来万分后悔的事。把一只可爱的猫儿送回老家，之后它就躲起来，伺机逃走了。据说，它是寻一个谁也看不见的地方了结了自己。我想我真的是太坏了。猫儿坏、淘气、养尊处优，但却是全部。怎么能不尊重它的意思呢。

茶泡几次，味儿就淡了，日子一长，很多事也就放下了，"淡然处之"四个字，蕴含几多深意。如今尽量做到平心静气，与人说话，或是遇到不顺心的事情，被人误解也不着急去辩解，懂的人自然懂，不懂的说再多都无用。这也是一种修行。

不喜去太吵杂的地方，也不愿应付什么事什么人，这个年龄了，学会让自己愉悦，在什么地方，交什么样的人，处境很重要。安静的琴音，茶烟袅娜，便没有了职场利欲摸爬滚打的兴致。只看如何将眼前杯茶泡好，眼里只有愉悦的物事了。

生活愈加向简。院子里遍植四季的花木，在轻薄的晨雾或晨光里接水洗脸，开始一天的作业。所谓作业，也是个人闲情，让平凡的生活有点小意思。

人生在世，除了挣钱，还要吃饭、拈花、弄草、建造，怡养点小情操，折腾点小动静，趸摸点小门道，获得点小高兴。

## 生活平平，万事亦平平

前几日下了一场雪，薄薄的，有一些落到窗玻璃上，一会儿就看不见了，才知道又一个冬天到了。

心劲儿又减了几分。哪里也不想去，忙完工作就窝在家里，一切都按部就班，平平常常。

写字，画画，做文章，其实都不成样子，不入流。但闲着也是闲着，纸、笔、墨、砚都备齐了，将一切装扮得如往常般自然妥帖。也是，若是不折不扣不折腾，又如何对得起这万念俱灰的情绪。

可世界就是这个样子，你想安稳，偏偏不得安稳，你想藏起来，总有人把你揪出来，人在最低落的时候想向世界索要的东西，世界统统不给。只是，我这个人有点坏，坏得只愿揭示世界的美与好。对于它的荒寒与丑陋，我选择转过头，去看它的另一面。

人常常在最无聊的时候，会干一些最蠢的事情，到头来悔不当初，却又覆水难收。但世事无常，没有定数，无聊的话题，无聊的事，却或许又偏偏遇到了一个真心的人，那简直就赚大了。也曾想过去多年的草木皆兵，换成如今人事皆非，只是淡然一笑，如这频频相催的檐水和纷纷落下的枯叶，可真是往事如烟啊！

本就萎靡。还有人拔剑相向，出了两本书就不知天高地厚了？噫，不仅一哂，负负得正，反而来了劲头。都这个年纪，谁不是在被人误解里变得坚强，在被人笑话中茁壮成长？风也萧萧，雨也飘飘，若没有偶然的孤芳自赏与快意孤绝，又何以抵挡百年的寂寥？人生本无秘密，何必故作神秘。

世界实在太大，人和人很容易就走散了。于是，对忽然的亲近、又毫无理由地远离，默然悦纳。或许，自己一直都是一杯清水，从来给予不了别人旁的东西。况且生命就是不断地路过、不断地经历，走过的地方，见过的人，经过的事，都会在某个时间停顿一下，打上一个结，留下一些记号，然后，让人在无限次地回味中产生一些或深或浅的感悟，明白一些道理罢了。

日子平淡无奇地过。虽是技术低劣得刺眼，但亦习惯在白纸黑墨里安放自己大半生的慌乱欢喜与颠沛流离。这个年纪，生活平平，万事亦平平，好也好不到哪里，坏也坏不到哪里，粗糙荒芜的日子，人所渴慕的，不过是一份平和冲淡的心境和一个自然简约的景致罢了。

有人笑曰，名著扔一旁不看，反倒读起康某这样小作者的文章来，竟然还爱不释手，你看这欣赏水准是不是大大地降低了？欣慰之余，亦觉不足为奇，大餐吃惯了，偶尔在小饭馆里尝点辣白菜、小青菜，甚至烤点肉、撸个串，也是稍有那么一点滋味的。这种闲书，放在案边、床头、茅厕，喜欢了随手一翻，不喜欢就合上，消遣，入睡，通便，可无处不在，也可有可无，没有别的，各位不要太当一回事就好。

猫生了一窝，挤在沙发上，哺乳的哺乳，吮奶的吮奶，放哨的放哨，一家子可亲可乐。屋里、阳台的花草却一个个枯死了，才知道原来家里应该有一个浇花的人。若厨房炊烟生起，阳台花草葳蕤，音乐四处飘荡，生活是否才有了情调，有了意思？

就这么没出息地迷醉这小情小景琐琐碎碎。四十多年了，很心疼地发现，原来自己只是一个长得老了一点的小孩子，一个偷偷折了一枝人家探出院墙的花，又怕还没到家花就枯萎了，一路颠颠簸簸地跑啊跑，急急地找瓶子，灌水，养花，然后蹲于花旁，歪着头呆看半晌。

那么，当心被厉雨敲打的时候，就一再叮咛自己，千万莫慌，莫乱，莫忙着去赶，去追，就站在原地，不要动，做自己就好了。总会有一个人，踏遍千山万水来找你，求着你，死都要死到你手里。呵，是臆想吗？还是再等等吧。

凡事都能过得去。人最可怕的，在于理性和冷静，冷静到看到怎么样的风景都是云烟，怎样的山水都亦可淡然，然后扎实地立于其中，领受其痛、其美，还将其折成一只纸飞机、一只千纸鹤，快乐地去飞。

矛盾是万物本然。一样会觉孤单。内心恰像是盛着半杯清水，一直在晃悠。本来干了也就干了，却有人随手添了一些，但又不添满，于是，一直不满足，一直有期待，一直孤单着，但又可耻地享受着这份孤单。

  清晨时分,雪又扬起。屋内光明清寂,一幅好如图景。如此,良宵燕坐,孑然独处,摒绝尘垢污浊,窗外风雪有声,心下诗酒有情,好处不足与外人道也。

## 紧是生活，慢才是日子

三月栽下的风车茉莉，韬光养晦了一段时日，在一条最长的枝条顶出了白色的花，紧接着，短枝、侧枝上都开了起来，一下战车四起，即便是暮色里，也是清透的白，让人不禁啧啧称奇。三两只嫩生生的碧玉丝瓜在不远处的草绳上拉开战线，阵列整齐，又悠闲傲慢。蓝天远阔，白云缀于其上，浮雕一般。

初秋天气，白日里太阳温和，穿棉质短袖是很舒服的，傍晚天黑了伴着晚星坐在小院儿，矮桌上的茶汤热气漫溢，唯手臂沁凉。蛐蛐儿绽开喉咙，高高低低，短短长长，四面都是歌声，伴人一夜酣梦，直到天亮才会渐消。

蔷薇架下萤火闪烁，鱼漂于塘面，静止不动，红鱼绿水，隐约可见。竹、菊、荷、葵、月季、碧桃、麦冬、紫藤、仙人掌、四叶草不发一言，全都静默。时空旋转，于此时戛然停驻，世间诸事，仿佛一切都不曾发生，烦恼忧恨，统统都抛却了，只剩此刻，两杯淡茶，一地月光。

人一生坎坷跌撞奔袭，却总有力所不逮，太多遗憾如手中的沙，不盈一握，心虽不甘，亦徒留喉中一丝哽咽、一声叹息。唯于这样的夜晚，捧起一缕月光，收拢一帘清雾，吸纳四方草色，吞咽几口花香，盛享这一刻的松弛与清凉，将心头那一份重量，轻轻卸下。

想想生活无非如此，紧一阵儿，慢一阵儿，紧的是生活，慢的才是日子。所有需费力讨好的，都不能长久，需小心维持的，都不是常态，人生有度，顺其自然，归其天然，万物生息，遵从法度，才是正理儿。

岁月如一条河流，不论遇沟、坎、坡、石，短暂旋留，又匆匆向前，作为水，就一直流着，没有回头余地。再烫的茶，皆有凉时，人总难在清醒自知，本以为花开不败、琴声不绝，最后在天地萧瑟里收拾行囊、清扫战场。

人惯常活在自己的体系里。年岁渐长，更不想再往复杂里钻，宁愿少不更事，亦绝不老谋深算。何况，任性了半辈子，稍微累点的事情，都不想去费心维持了，没时间，也没必要。

人间有四季，静为心上月。这深深庭院、幽幽花木，于此安夜，人与花共情，花交付于你，你也交付于花，一刻心灵的安宁，抵挡了世间万事喧嚣，原谅了世间一切不公与晦暗，很长时日以来的忐忑，惶惶、戚戚，唯于此刻全都不屑了。拥花揽木，饮茶赏月，爱可爱之人，喜可喜之事，存有意无意之心，待不即不离之世，以简单之心观照，万事万物皆简单可爱。

这乡野之地，最不缺的就是花花草草，喇叭花、转红花、擀杖花、指甲花、大丽花，和那些名贵的花站在一起，没有丝毫自卑，反而更显悠闲自在，一朵挨着一朵，你方开罢我登场，夜里也不睡觉，星光下窃窃私语。人在其中，无丝竹之乱耳，无案牍之劳形，得一份疏狂随性，世界惶惶，人第一个应该，只宠幸于自己，不管多忙多累，也该清享这样一个时刻，于廊亭下伫立，于花草间小坐，精神松弛，神骨俱清，于身心大有裨益。

"啊嚏。"夜又深了一层，不知何时，弥漫的潮气浸染了衣袖，露水下来，湿了薄的衣裳。这个岁数，身体像是年久失修的机器，动不动哪个零部件就出点差错。咳嗽已有月余，仍不见好，夜凉如水，脸却有点发烫。找了白瓷小碗，舀两勺桂花蜂蜜，添了温水，丁零当啷缓缓搅动，一小口小口喝着，肠胃舒服不少。

和岁月较量，人一晃就老了。这容貌，亦如日子般平常，一颦一笑，从不惊艳，若涂脂抹粉描龙画凤引人青眼，固可得一时称赞，但对天生的肌肤来说并不适当，肤同万物，素面朝天，呼吸顺畅，吐纳之间，才与自然契合亲近。

泥土潮湿稀松，苔痕寂寂满阶。如此良夜，可以什么都不想，但总有些许过往涌上心头。褪去浮华、虚纱、遮盖、伪装，看到曾经那个弱小、孤单、无助的自己，在漫天冰雪里打着寒战，如今，天气渐冷，依然心态温和，对这有去无回的人生，是什么都想透了的，没什么大不了，过去已过去，未来依旧可期。

当然很多事仍是有心无力的，勉强亦是徒劳。若要强为，内心动乱不息，精神涣散溃败，反倒于事无补。因而，要将养身体，精神也要仔细过滤，去芜除杂。既然世事多少令人无奈，不如也学人，带雨有时种竹，关门无事锄花，拈笔乱画，慢试新茶，醒时诗酒醉时歌。

小院空旷，两只灰羽飘落地面，又在风里翻滚。鸟儿此时不知躲在何处，人就这么安静地坐着，盘算剩下三千天的日子，山石泉林，幽人雅致，明月为伴，清风长随，以余生，去养生，亦是很好的事。

这个时节，要说不妙处，就是蚊虫太盛，隔着薄衣也会将人叮咬出红包来，奇痒难忍。就点一盘艾草蚊香，往藤椅上一躺，盖上毛毯，夜风微凉，和衣而卧，才可放心睡个安稳。若凌晨醒来，解完小手，再去榻上睡个回笼觉，直到日上三竿，鸟鸣于耳。

于这寸土寸金之地，布陈自己一方清境，的确快意，花草满院，游鱼逗乐，煮水泼茶，内心的怡然自得，比旁人更胜一分。若说为文，却是凉寒最佳，身体忍耐磋磨，思想却格外灵活奇巧，风是诗，雨是诗，雪也是诗。若心有杂念，意有他求，文字灵感倏忽难以捕捉，没有心系一处的意念，那些羚羊挂角的思绪顿时化作虚无再无痕迹。

夜继续深入，云还高挂天际，远处的机器轰隆声似乎还没有消散，一声接一声的虫鸣、水管里落下的水滴、树叶晃悠悠飘落的声音，都清晰可闻。人久久不忍睡去，夜晚的寒气总让人格外清醒，宁愿用这样一刻，换取世间一千个热闹。

# 第三辑

## 时间累积的哲学

"时间好不经用,抬眼已是半生,这烟火人间,万事并不顺遂,人生也并非如意。今日变成昨日,昨日终将成为印记,唯有将一生的颠簸与落寞,都安放在庭院中,夜揽月眠,晨随花醒,养一份从容,图片刻安宁。"

## 干净而温和地活

近日夏长，小暑大暑，上蒸下煮，市井之人如坐深甑，不由懒惰懈怠，唯小院葱茏，满目翠微，似居清凉上界。墙根儿的芭蕉伸出大蒲扇，庇护身下虫草，绿竹什么也不管，直愣愣地戳到天上，塘中小鱼优哉游哉、倏东倏西，时光悠悠而过。

一年四季，皆可暂别尘喧，于这小院落地生根，朝临日光，暮着月色，茶书相伴，鱼鸟相欢，隐匿其中，独善其身，看阳光穿过枝丫，于池水跌宕。人生息休憩，吃瓜饮茶，过一个简朴适意的日子。

小院坐北向南，又蒙阴于古树，正合消夏。人立庭院，松风流响，恍惚出尘绝世，内心极为安宁，若心有动荡，亦只捧书卷，贻笑陶潜如何爱菊，林逋如何待梅，东坡何以灌竹，更得一份逍遥之趣。薄云小雨，碎石砂砾，小趣沉吟，粗茶瓷碗，虫鸟协鸣，顿觉耳聪目明，心尖一片清水氤氲过。

方寸之地，以物造境，池水为溪，可徜徉一瞬，拳石当山，可卧游千里，花草作野，可骋目畅怀。狸奴撒欢，蛩虫聆歌，蒲草苒苒，藤木战战，碧叶扶疏，枝柯奇古，人坐卧行走，喝顺口的茶，吹穿堂的风，其中之惬意快慰，如金银瑰宝，只合私藏，不足与外人道也。

长夜睡起，推门开户，素手振衣，煮茶乃第一件事。窗外雨滴石阶，槐花落了一地白，室内半凉半暖，安静泰然，此时釜底涛声阵阵，忽作忽辍，茶在水中，水在壶里，茶烟轻飏，消散于细风。一个人的茶室，又孤又静，又热闹又丰盛，清享片刻与世隔绝的清苦，亦沉沦于独自的繁华，恍如人生难逃的滋味。

说是修身养性，实则在这个年纪，已经过太多拜高踩低仰人鼻息的日子，走不完的人情世故，看不穿的世态炎凉，在虚与委蛇假意逢迎里混得灰头土脸，表面的一团和气终究斗不过内心的格格不入，最后还是在看不惯、忍不住、咽不下里分崩离析。算了，还是遵从了内心，不再去应付那惨淡的人生。

斗不过的世界，争不过的人情，咽不下的气，忍不了的难，最后，都在素雅简静、清居安宁、不争不喧里获得安宁与释放。

岁月本长，而忙者自促，天地本宽，而卑者自隘。在自己的小天地，吃便吃，睡便睡，行便行，卧便卧，笑便笑，春风如酒，夏雨如醉，多一份闲情逸致、逍遥舒朗、清欢自在，才不枉这漫漫红尘、此生迢迢。

人若复杂，心机过盛，孜孜不倦，汲汲苛求，惶惶度日，纵然有得，也是以康健福寿换得金钱名禄，又有何可艳羡。人对自己最大的负责，就是不违心、不强求，就是要一个最自然的状态，最本真的生活。不再拼命迎合，不去费力讨好谁，没有了欲望缠身，就没有了钩心斗角，不急，不躁，不浮，不闹，潜入几万米的深海，风吹浪打雨淋日晒，都激不起一丝涟漪，身如琉璃，内外明彻，净无瑕秽的境界。

人情复杂，世事喧嚣，皆与己无关。

　　心为人间冰雪，只有挂在清凉处，才得以滋养长生。不随流，不从众，守住内心的孤独，这个人才生出自己的风骨，活出了自己的气象。

　　人生于世，起落相伴，风雨相随，终求一个内心的安宁，不以物喜，不以己悲，无钟鼓馔玉，却有一蔬一食之简，无达官显贵，却有畅达平和之境，无高堂华屋，却享一宅一院之乐。晴时一枝花，雨时一幅画，不思将来，不追既往，心系一处，独占片刻欢愉。

　　人久浸淫于世，沾尘染俗见陋亦是难免，若酷暑难当、心躁意乱时，目及水之清、蒲之绿、石之白，燥热或有所减，临窗伏案，读文之味、书之境，以简胜繁，身不为物累，心不沾物欲，寄在清净明朗处，聒噪烦闷便挡于书外了。

　　小园赏景，小筑雅集，吃酒看花，品茗对月，赏菊持蟹，泛舟载酒，莳花理卉，晴亦可，雨亦可，每日总能寻一些良方，丛生无上情致，治愈生活的空旷，涤荡尘氛，身心落到安顿处。

　　唐朝贯休《山居》有曰："休话喧哗事事难，山翁只合住深山。数声清磬是非外，一个闲人天地间"。大红大紫徒留虚空，位高权重终有散时，芸芸众生，凡凡我辈，将平常之物，幻化成朴素之乐，晴时伴日影，雨时怜青苔，闲时会暮雨，幽时听冷风，清而不浊，雅而不俗，滋养精神，陶冶性情，所好别而有致，独得一份喜乐。

　　至于趣者，花木禽鸟，无不成观，杂花拳石，无不成景，晨凉夕燠,无不成诗。携壶探远洲,举棹溯清流,帆影拂门户,湍声振枕席,山川秀发,积于胸者,之乎者也,慷而慨矣。

书往后翻,页数已寥寥。人生无论如何辗转游历,内心只寻一个去处,抵达清宁微喜之境,淡而有味,是对生活的极致追寻,亦当是心灵最后的归宿。历经的所有盛事、精彩,最后都归于平淡,人生的几斤几两,最后要看内心是否安宁圆满。

文章再好,终有无话可说时,交情再深,必有难以言说之苦,唯有这一室一心,天地自然,吐纳呼吸,躺平炊饮,手把旧卷,吃茶读书,闭门深山,从春花到秋月,夜雪初霁到朝辉甫生,世外喧闹吵杂,繁杂不再,城中的大房子,又岂如我这小院子。

一轴挂画,两幅字帖,几样家当,素且雅致,清宅小室,气象万千。时光渐缓,斗室燕坐,不为形役,不为物累,不为事羁,游心物外,不屑时务,以清风朗月,寄惊鸿一瞥,享一分从容也是从容,得片时优雅亦是优雅,干净而温和地活着,天地生息,最合时宜。

## 凡是遇见，皆有深意

一生的时日不短，但能做的事情却没有几个。许是精力不济，工作之外，闲余时间，斜卧在沙发上，不一会儿就打瞌睡，文字功课，竟然落下好大一截。

这样也好，芝兰在室，不能无臭。金石振地，不能无声。有心则吟，无则缄默。若是才华已尽，就过好自己的小日子，断不做什么空头文学，令人羞愧之事。我等凡人，营营役役，人情世故，外物搅扰，万事烦心，生活大于一切，翻两页书便按不住心，写几个字便坐不住，难免被俗事俗物遮望眼，断不如古人清高格调，岂敢妄自尊大误人子弟。

不去求所谓的高级了，人活至今，当知安静乃是人生的正常状态，进可攻、退可守，得意、高兴、热闹这些玩意儿，把人推到风口浪尖，想要浅斟慢酌、从容回旋，已然不能。人费心修行的，无非哀而不伤、悲而不戚、乐而不淫、思而无邪矣。

翻滚在尘世里，每一天都是历练，虚与委蛇、投机钻营、推杯换盏，似乎风生水起，但忽于灯火阑珊处，丢魂失魄般突然空洞，世界诸般精彩，却不知去向何处。

人如果有心享受生活，生活一定会够他享受，凡事若看太重，就都没了意思。钱财利禄，浸淫太久，身上也变了味道。事业旺盛，若当成一种任务，也是苦不堪言的。对生财之道不大上心的人，才能生出一颗看花的心。整日挑肥拣瘦为外物所缠，怕怎样也难领略到雨天的诗意，晴雪的曼妙，平常餐饭的喜悦。

快乐像是财宝，独享并无不妥，悲伤则不同，花可以不采，财可以少得，痛苦磋磨却千万勿受，总想求之于外，却往往求而不得，那些把苦难藏在心里，默默前行的人，更为坚韧可钦。好在，万事都会过去，曾以为走不出的日子，年岁一长，最后都变成回不去的时光。一生漫长曲折，难免有遗憾，留给老了的时候惆怅、回味，秘而不宣，也蛮有味道。

无人雪夜，孤寒相欺，月光亮堂堂，穿庭过户，披衣去看一枝梅花的开放，疏影横斜，暗香浮动，又美又伤感。不禁慨然：花开枝头，固然好看，花瓣随风离去，又何尝不是美？心中事，眼前景，千人看花，心境不同，花则各异，人去看花，花亦非花。

外皮的装饰愈胜，内在的精神愈薄。这个年纪，浓妆艳抹令人笑话，素面朝天也不会差，仍喜欢简练两弯眉、清雅一抹红，简简单单，端端庄庄，像枝独放的梅花，有自己的可爱美好，也有自己的矜持庄重。

人生漫漫，还是盼望能再长久一些，在半生辛劳之后，腾出时间去做一些喜欢的事。路途虽然遥远，倒也不必担心，一步有一步的艰难，一步也有一步的惊喜。凡事不要看表面，那些咬牙切齿狠狠骂着

"爱情都是骗人的玩意儿"的人,动起情来比谁都认真。看透生活的本质,依然选择温暖这个世界,品质最是可贵。

活着,免不了面对不想面对的事。如这池中锦鲤,想来在大世界里风生水起,谁知被命运丢进这小池塘,伙食不好,朋友也少,了无趣味,鱼生不易,但时日久了,没有被狂风暴雨激浪滔天拍打,没有被大鱼鲸吞的危险,在小池子里摇头摆尾、自由自在,也算有幸。

鱼有鱼的快乐,人有人的快乐,快乐没有高低之分。读书快乐,吃饭也快乐,说情话,抽支烟,喝口酒,做日常事,都很快乐,我们花掉所有的力气,不过是让内心满足、精神愉悦而已。钱财多寡、职务高低虽有不同,快乐都是相当。

做了半世文人,算是总结了一些道理,若生活只有岁月静好、风平浪静,便做不出波澜壮阔曲折引人入胜的文章,打量自己,最多算是痴迷文字的小爬虫而已,如今文章会越来越少,宁愿悄无声息,也不愿无病呻吟,脾性至此,没有办法。还是推荐大家去多看一些故书旧卷,味厚意深,读上百遍也没有一丝一毫消减。

料谁也难斩断一个"情"字。有些情缘,深深举起,浅浅维系,后来轻轻放下,一生的际遇浮沉,既然都是注定了的,注定要经风历雨,注定在旋起旋落中归于安然,来如闪电,去如云霞,不惊动任何人。

冬日确是萧索。枯树一棵,小鱼两条,蔷薇三株,青竹几竿,烂藤几根,反正我觉得很美。向来抱残守缺,不善与人为伍,却热爱草木生生不息，绝离人间扰攘，与春兰秋菊夏荷冬梅四时常伴，视为知己，如有心事，就说与门前的花听，花草无言，却亦有知，和它们说话，是我活过的年纪里做的最有趣的事了。

年岁轮回，时序周转，深山走来的一粒茶，长夜里的一点灯火，所有好物，都要静心等待，峰回路转，风雨琳琅，世间所有安排，都自有深意。

成熟的代价，就是渐渐接受了本不能接受的事，磨平了毛刺与棱角，懂得世界上没有理所当然和天经地义，你若虚情假意，我也逢场作戏。生有热烈，藏与俗常，人生海海，想来不过一口热饭、两盏淡茶、三杯薄酒，贫与富、高与低、贵与贱，都不计较了，一日无利无营，一生旷然自适，修得精神岑寂，了却浮生之梦。

近日读马未都之言，说："人的前半生总是不如后半生过得仔细，年轻时没有荒唐就等于没有年轻过，可后半辈子活得仔细了也未必有意思。"想想还真是如此。

如今一年到头，钱也没挣几个，职位没升多少，茅屋蓬舍，青瓦老宅，务花弄草，艺文行乐，一日三餐，四季良辰，听雪落尽，等春归来，日子慢慢往前走着，也挺好的。

## 人就得活出个味儿来

整个夏天至今，睡莲一朵也没开，人也不管。茉莉，雏菊，月季，都开得很好，一朵朵一茬茬，并不新奇。隔了一夜，镂花的桌面就落了绿叶，花籽坐在椅子上，一点都没有让座的意思。

人专注于每天的小日子，就是生活。生活这东西，丰俭由人，多寡随意，可以将它搞得精致，也可搞得简朴，关键是要活出个味道来。

有味儿的生活，就像是插花，美丽清雅，高低错落，有呼有应，又疏密有致。傲卑任我，爱恨从心，依着自己的意思，做自己喜欢的事情，不将就，不追赶。被追赶的人生一定很无聊，我决定过有情有爱有欢喜的日子。

换句话说，就是愿意为美好的事情整日忙碌，也不为厌倦的东西费半分神。这样过日子，日子才会有味道，这样的内心，才会被快乐照拂。

不知什么时候开始，生活的节奏慢了下来，不再心急火燎地做事、应酬，吃饭也不急不缓，细嚼慢咽，把心思花在一日三餐上，单就辣椒，也能掌握七八种不同的做法，泡椒、爆炒、盐腌、干煸、油焖，吃得兴趣盎然，吃得阳光灿烂，生活似乎变得细致且有情调起来。这其实也是自然，吃饭是人一辈子里最重要的事情，总好过马虎应付。

也容易被一些好玩的事情吸引，猫生崽了，会放下活计去看，给它们补给营养，看着一窝小猫闭着眼睛蹬着鲜嫩的小腿你争我抢地吃奶，就会因生命的鲜活与神奇而慨叹不已。太阳初升的清晨，去照看小院儿的植物，用喷壶给叶子和根部细细浇水，静待花开，保持对每件事物的热爱与喜欢，日日阳光都是新鲜。

会有人说，养猫逗狗、莳花弄草，这不就是普通的生活嘛，有什么了不起。

世间事大抵如此，总有求不得之物，不必因权势而奴颜婢膝，也不因名利而交瘁碌碌，活在自己喜欢的事情里，带着快乐的心，在自己的世界里孤芳自赏，就难能可贵，就真的了不起。若是整日疲于算计，蝇营狗苟，忙忙碌碌，心里塞得满满的，为了名利出卖内心、灵魂甚至身体，把自己架在火上，没有空玩儿，必定太劳碌，人生的味道一定很苦。

给破旧的窗台摆上花草，在废弃的泡沫箱子里种上蒜苗，用清洁的水洗净水果、食物和衣服，清晨洒扫庭院，晚上饮酒看月亮。洗面沐浴，取几勺花露放于手心，轻轻在脸上、身上抹匀，头发或是衣领插上花朵，美自己的，闲一点，野一点，谁爱说说去，我才不管，我只活给自己看。

日日深杯酒满，朝朝小圃花开。内心自在，即便是一杯清水、一碟小菜、半碗米饭，也能余味悠长。

有味儿的生活，和钱财无关。在秋日洒满的午后的阳光里打个盹儿，在雪花乱舞的冬日里踏雪寻梅，在夏日的淅沥雨水里听一听残荷落雨声……不担心明日老之将至，简单而平淡地活着。

时光漫漫而去，我偷得浮生半日闲，和生活调笑言欢，躲在家中读书写字喝茶弹琴，对一朵花可坐半晌，拈一串珠可打坐一天，将起起落落的风景放进心胸，好的坏的都坦然面对，以安静平和的状态，修一份平淡恬然的心境。

放下该放下的，拿起该拿的，生活越简单，内心越富足，人生大味，是天宽地阔，是"白云生镜里，明月落阶前"，是"采菊东篱下，悠然见南山"，是"雪沫乳花浮午盏，蓼茸蒿笋试春盘"。周遭都是江湖，关门即是深山，拥有了自己的精神园地，苍白的日子也过成了日日红。

有味的日子，一定是紫砂，简单的，朴素的，沉寂的，丰盈的，是藏了千年也包不住的清韵和古意；是茂林古刹、山涧清泉、白鹭纷飞、竹海深处，是巷弄长长、春雨绵绵，是转成了花的油纸伞，是庭院花开、粗茶淡饭、与世无争，是阳光的熙熙攘攘、鸟儿的喋喋不休，人间有味是清欢，是花儿开放，鸟儿飞翔，云飘于天，鱼游于海，自自然然，清清爽爽。

很多时候，我们想要过一个朝花夕拾的日子，却又放不下高处的繁华。人若不停往上攀爬，其实是很痛苦的。追求某个境界，达到某个目的，都很累。偶尔要停下脚步，歇个脚，喘口气，看看花，或许是另一番景象，柳暗花明也说不定。

喜欢木心那句话，一个人到世界上来，就是要爱最好听的、最好看的、最好吃的。玩乐中体验人生，平常的烟火味儿也会变得美好起来。所以，有味的人生，一定是过得舒心且随意。琴棋书画、打牌喝酒、养花种草、交友品茶、唱歌跳舞，有想去的地方，就去转转，有想见的人，就去看看，想玩了，就约两三好友，垂钓、旅游、打牌、唠嗑，吟无用之诗，醉无用之酒，读无用之书，钟无用之情，一路走，一路捡拾生活的美丽，忠于内心，把自己活进一幅画里，哪怕身体冷着、寒着，内心也撒着欢儿。

## 红尘盛意，只要一处安静

  清晨的微光里，玉兰花悄然开放，四下无人，入目皆是你。傍晚夕阳西下，暮色四合，紫燕归巢，背后的天空披着一层橘色的霞光，一切不动声色，却美得入骨。

  小院又添置了些许草花，树木，看着成果，抚掌笑曰，退休后，便可享"树林阴翳，鸟声上下"之趣及"苔痕上阶绿，草色入帘青"之乐了。

  人一旦上了年纪，自然心生退意，为自己休养生息的日子打算，安适恰当地过一份清淡的生活，是心之终极所求。

  忙了半辈子，明白一些事情，悟出一些道理，原来，世界上大多数事情，都与你无关。

  人群熙攘，前呼后拥，觥筹交错，那么多的人，有你一个不多，没你一个不少，位置的高低，职务的轻重，你以为离开你不行，实际好像也并没那么重要。

  还是安静地做自己就好。如顾城所说："一个人应该活得是自己，并且干净。"

  鹪鹩在深林中筑巢，只要一根树枝；鼹鼠饮河水，只要肚子喝饱。对于它们，一根树枝，几顿温饱，其他再多都是欲望。

乱花渐欲迷人眼，人在热闹中，身处繁华，没有片刻安宁，被热风冲昏头脑，如何感受到平淡寻常人家的素朴烟火。要消除多余的欲望，从沸腾处静下来，看看眼前的日子。

人一辈子，走走停停，读生活，悟人生，以为该懂的都懂了，揣着所谓的哲学行走江湖，载酒买花，一路奔波，渐渐忘了我是谁，待繁华落尽，抽身而退，冷风吹我醒，才觉一辈子最该逢迎的，就是自己，才觉人生一场，只是世间暂住。

如今卸下一身包袱，放下名利位置，躬耕田垄，足不出户，褐衣布履，添柴煮饭，风来听风，雨来汲水，花木亲爱，虫鸟相欢，坐拥三亩良田，便自觉富可敌国。

人活在世上，就是万水千山的过程，一次次经历，愉悦、挫败、创伤、成就、起落构成了人生的全部，每个阶段有每个阶段的乐与伤，到最后，都是你的经验哲学。那些路过的风景，经历的故事，点缀了平淡的时光，落日皆是温柔，人间尽是沧桑。

"心和气平者，百福自集。"把心放平，将事看淡，以清欢的心境，过每一个日子。离开吵嚷，远遁浮躁，人的福气也会自然而来。

汪曾祺的《慢煮生活》里有一段非常优美的话："我以为，最美的日子，当是晨起侍花，闲来煮茶，阳光下打盹，细雨中漫步，夜灯下读书，在这清浅时光里，一手烟火一手诗意，任窗外花开花落，云来云往，自是余味无尽，万般惬意。"

小院很小，小有小的意思。"茅屋一间，天井一方，修竹数竿，小石一块，便尔成局。"

喜于夏日梦梦细雨时逗留在池塘边，看荷叶尖儿的水珠"滴儿"的一声掉入池塘，鱼儿时常要跃出水面来，再"嘣儿"的一声落下去，发出一声清凉的水响。

闲来无事，就背着手到屋外转转，逢人东拉一句、西扯一句地多说两句话。若意兴阑珊，就待在自家院儿里，于花前逡巡一番，什么话也不说，看看这朵，嗅嗅那朵。若是你新栽的哪朵花开了，新种的哪棵树发芽了，风儿鸟儿石儿鱼儿，就都来逗弄你，心情一下就亮起来，那些糟心的事情，就一下子不见了。

人养花草，花草也养人。一簇簇花红柳绿，一朵朵、一捧捧的眼里娇妍、姹紫嫣红，那样的意态天真、风情万种，心怦然一动，冰冻的心就活了。

美的事物，让内心柔软宽善，和若春风，其福泽自然绵长。远离钩心斗角人间是非，与花草为伍，与泉石结伴，或是祛疾医病的长生之法。

宅院简朴，却远离世故。红尘盛意，你只要一处安静。

陶潜云："结庐在人境，而无车马喧。问君何能尔，心远地自偏。"在人间居住，却没有车马的喧嚣，为何能这样呢，只要心境远阔，自然觉得所在的地方僻静了。

日子不怕如何打发消遣。空闲洒扫，锄花松土，浇灌施肥，掐苗去草，泡一杯茶，往向阳处一坐，如此惝恍辗转，小半天时光很快消磨。一草一世界，仲春天气，花木相好，俯仰其间，浮世碌碌，游心骋目，尘俗皆忘。

崇尚一切安静的事物。我所说的安静，就是那小院墙角的苔藓，我来了，我去了，不争不抢，无须在意；就是那细碎的花，我开了，我落了，无须介怀。

春风十里，不如小院一个。一个院子，一扇门，门外是喧嚣，门内是日子。

给自己一方清净的小院，生活不被打扰，心才不会庸人自扰。春嗅清风，夏赏青荷，秋听冷雨，冬赏飞花，心一直都是静的，能听见了花开，看见了美好，感到了人世间的柔软与温和。

心安了，就静了。宁愿是那一件不尚虚饰的器物，静伫于角落，不屑与谁争斗，何必夺人目光，只在泡一壶茶、焚一炷香的时候，出来打声招呼。

江山本无主，闲者便是主人。《浮生六记》里，沈复说自己小时候"以丛草为林，以虫蚁为兽，以土砾凸者为丘，凹者为壑，神游其中，怡然自得"。一个小院的丰富与有趣，比天地还广阔，比世界还有意境。

人有悲欢离合，月有阴晴圆缺，我乃凡人一个，又怎能避过人世里头的个个不如意。这凡俗的肉身，亦装不下无比孤独的灵魂，只有将悲愁与喜乐，寄托于一花一草一茶一盏间，此心才无比安静。

时间好不经用，抬眼已是半生，这烟火人间，万事并不顺遂，人生也并非如意。今日变成昨日,昨日终将成为印记,唯有将一生的颠簸与落寞,都安放在庭院中,夜揽月眠,晨随花醒,养一份从容,图片刻安宁。

人可以不了解为什么活着,但一定要学会好好地生活。无论顺境逆境,不论晴天雨天,内心从容安静,便找到了与生活相处的方式。

## 活成明月松间照

读到《诗经》里的《女曰鸡鸣》:"琴瑟在御,莫不静好。"想起胡兰成在婚书上写给张爱玲的字也是"岁月静好,现世安稳"。

静好,安静的美好,似是一位与世无争的青青女子,你与她碰面,她低眉敛首,腼腆笑着侧身走去,淡淡的清香飘过,那种不远不近,刚刚好的距离,不徐不疾,让人内心如清风吹拂,很舒服。

我喜欢这个世界是静好的,也一直相信,赢过这个世界的,不是剑拔弩张,而是柔软静好。

在街上看见一对寻常小夫妻,许是从超市刚刚出来,丈夫左手里拎着大包小包,右手牵着妻子的手,妻子走累了,要坐下来休息,丈夫说"等一下",吹去长椅上的浮土,铺上手帕,才让妻子坐下,然后自己也坐下来,让妻子把头靠在自己肩上,右手臂环绕着妻子的肩膀,轻轻拍着。这样的细节,让人心里柔软且温暖。

有人说,日子每天都一样,做做饭、浇浇花、偶尔出游,有什么好?可我依然安于这朴素的小日子,沉溺于那些清凉如水的时光:不厌其烦地冲进菜市场,红肥绿瘦、讨价还价,不辞辛劳地下厨房,系上围裙,蒸煮煎炸,忙忙碌碌。坐在屋子里,偶尔听到街巷里小贩的声声叫卖,看着满桌飘香的饭菜,就有点"薄薄酒,胜茶汤,粗粗衣,胜无裳"的幸福感。

有时，一个人窝在家里，用毛笔蘸上墨汁一笔一笔抄写心经时，或是坐在雕花的中式座椅上研阅古书时，会觉得整个世界都是安静的，自己也生出了那样的静气，在清静中生出欢喜来。

也经常散步去隔了好几条街的一家书店，店前的巷子狭长窄老，柏油路和墙壁都是光溜溜、凹凸不平的，有着年代的痕迹，书店里人也不多，零星几个，见同好来，只是礼貌地点点头，书店装饰古朴，像是宋时光景，店里灯光柔和，窗台上花草细碎葳蕤，我在书店慢慢地翻着几页书。此时，窗外或许有细雨霏霏，或许有白雪飘飘，都无碍了，我把世界都装在了心里。

喜欢这种安宁的美好。

前些时日，有人推荐一些文字给我看，说文笔不错。我一看，满眼的华丽浮夸、哗众取宠的语言，耍巧卖乖的逗惹，写得很是热闹，却有一些张牙舞爪的气息扑面而来，像是个恶妇般要把人强行抓到她的文字里去，就很是抗拒，读不下去了。我知道，闹与静永远不可能在一个语言系统里。

我所认识的文字，是在内心安宁里长出来的不安分，它能够在妥帖里安放，又可往高处、往四周冲撞，美好而危险，是死了之后又活过来的东西。写文章的人，她可以无视所有，她只顾写自己的，不博人欢，不讨人笑，她不刻意鼓噪，哪怕是只写给自己看，却会像一场细雨，蒙蒙的，一点一点却把人的心给湿透了。

亦舒说："做人凡事要静，静静地来，静静地去，静静地努力，静静地收获，切忌喧哗。"静的世界是美的，如小桥流水、空谷幽兰、如大漠孤烟、白雪翩翩，静，有韵致，也有风骨。

有一种美好，自己美好，却并不知自己的美好，依然谦卑，保持低调的姿态，不像别的，浓妆艳抹，四处招摇，唯恐天下人不知似的。正如，我偏偏喜爱田间朴素的野花，却对公园里一盆盆的牡丹并不感冒。那些外表喧嚣的，内里却常常是空无一物。

齐白石老先生成名后，有人问他，如何从一个木匠华丽转身成一位巨匠？他答道：作画是守静之道，涵养静气，事业可成。而在齐白石先生作的画中，即使满纸的虾足须飞动，活灵活现，也一样有着安静的韵味。即使他画振翅雄鹰，也一样有着从容的气魄，沉静的威仪。

静气，是流动在笔墨之外的一种气场。或许正是心里长存静气，才能"心闲气静时一挥"，执笔悬墨时才能从容不迫，沉吟构思时才能心平气和，所绘画作才有了沉稳安静的意思。画中见心气，心若不静，画亦是浮躁不平的。

平日里，喜欢看山，看水，看云，山干净巍峨，让人襟怀坦荡，云自然洒脱，让人舒朗清逸，水平和宽阔，让人柔善顺遂，喜欢品味那份与天地同来的孤单、与日月同在的寂寞，喜欢那份不沾染尘埃的干净与怡然自得。

沉下来心无波澜，静下去清风徐来。看农家百姓，旱田几亩，种粮种菜，水田几分，养鱼养虾，檐下飞燕子，池里养荷花，在细雨清风里，安于生活的一枝一叶、一砖一瓦，在烟火深深处，心存喜悦地过生活。我信，静气的人，不论外界如何喧闹，白粥青菜，素衣布裙，有些不合时宜，却也是心不染尘、尘不染心，在自己的天地里干净地活着，谁也打扰不了。

静气，是个无比美好的词，是胸中有万千丘壑却不事张扬的一种低调，是月照大江却从不招摇的谦卑。盼着有一天年纪大了，心里的静气也多了，兵来将挡，水来土掩，山河激荡，草木荣衰，都一一囊括于心，统统收纳了。

静好，是因为灵魂找到了安顿之处，即便光阴滚滚而去，亦是明月松间照，自得一分从容。

## 低眉尘世，素心生花

少时读张岱的《湖心亭看雪》：

崇祯五年十二月，余住西湖。大雪三日，湖中人鸟声俱绝。是日更定矣，余拏一小舟，拥毳衣炉火，独往湖心亭看雪。雾凇沆砀，天与云与山与水，上下一白。湖上影子，惟长堤一痕、湖心亭一点，与余舟一芥、舟中人两三粒而已。

天地苍茫，冰雪弥漫，风烟俱净，湖心亭里，唯有一叶小舟，舟中的两三粒人影。

那种清凉寂冷的美，旷大悠长，张岱在天地之间清享的那份凉意，让人向往羡慕。

红楼梦里宝玉出家，风雪弥漫，曹雪芹写道："落了片白茫茫大地真干净。"这雪的凉，一下子把人丢进了深渊，再也爬不出来。

渐渐喜欢上了冬天，素白干净，清冷幽静，有一种空灵的美感。后来看岩井俊二的电影《情书》，一句："你好么？""我很好。"曾经的似水年华，像一颗凝聚着甜蜜的糖果，在粒粒小雪里丝丝消融，那种唯美纯爱在心里经年不散。

我发现，越是好的东西，越给人以清凉宁静之感。就像人生。

《菜根谭》落落者，难合，亦难分。欣欣者，易亲，亦易散。所有的热情都带着点烧灼，所有的真实都泛着凉意。低温，带着素雅的薄荷香和一种清醒的笃定，踏实纯粹。

喜欢字里行间泛着凉意的文字。王维的"隔窗风惊竹，开门雪满山"，看到了他骨子里与生俱来的清凉。

王维画雪，走笔挟冷风，寒气逼人，是因为他心里的安静和清凉，于是愈简愈深、愈淡愈真。他一生里，只求清寂不要热烈。苏轼品评："味摩诘之诗，诗中有画，观摩诘之画，画中有诗。"

素心煮字，不浮夸逢迎，只对自己内心负责，才能写出那样的文字，就像用薄荷、青柠调制的朗姆酒，清爽而回甘。

清凉的人，自然不是扑面而来的暖风，让你觉得特别舒服。只是安静地散发出一种玉的凉，低低地润泽着，一点点沁到人心里，甚至清决得让人生疼，但只有养在光阴里，你才知道她的好。

经常一个人静坐在角落，没有人注意，让阳光隔着窗叶斑驳在脸上，像桌上那插的桃花，在清水里寂凉，却独自惊艳，有点小小的寂寞，也有点小小的快乐。

桃花绝色，浓烈，华丽，寂凉，悲伤，千转百回，热烈又冰冷，多情而命薄，这是纯粹的为爱情之花。

于是想，若是一株植物也好。若是，就要是这桃花，在风里含蓄、饱满，开时热烈地开，咄咄逼人，落时低眉浅笑，低到尘埃，也暗香浮动。

爱情也要清凉的，热烈的不会长久。

徐志摩的家信：眉爱，昨天整天只寄了封没字梅花信给你，你爱不爱那碧玉香囊？……但你我的爱，眉眉，我期望到海枯石烂日，依旧是与今天一样的风光、鲜艳、热烈……

最终，陆小曼还是被他的热情打动了。但这个男人的爱火热有余，内敛不足，亦太过多情。

一直认为，男子在感情上凉一些才好，不要太热络、太敏感，对彼多情即是对此无情。那漫溢的情，只有透彻地冷下去，才会一心一意对一个女子好。

最痴，是那《三生三世十里桃花》，夜华对白浅讲那一句，"我想要的，自始至终，只不过一个你罢了"。明明是最动人的情话，那种无奈和心伤，叫人感到冒着嘶嘶冷气。

说出那话时，他的心，该是比他冰丝一般的黑发还要凉。可不论她怎样，不论她是浅浅还是素素，灼灼桃花，他只取那一朵，放在心上。在他心里，她最好的样子，就是她本来的样子。

他的十亩桃林，只为她开。

民国四公子之一张伯驹，曾是"平生无所好，所好是美人"。但自娶了潘素后，一心只系潘素，再无风流韵事。而她，青楼头牌潘素，洗尽铅华，将往日的万种风情，只说与他一人听。

两人齐眉对月，到了晚年，生活拮据，依然画画填词。张伯驹为潘素写下"予怀渺渺或清芬，独抱幽香世不闻。作佩勿忘当路戒，素心花对素心人"。

弱水三千，素心自凉，他只要那一瓢。

他把她从风月场带进山水画的世界，她陪他颠沛流离淡泊名利，彼此成全，相携相伴，红尘浊世中，他们就是一对永远保持着单纯之心的素心人啊。

到底是上了年纪了。以前喜欢热辣的食物，而今口味也越来越清淡了，小火炖的骨头汤，白萝卜、排骨汤、盐少许，寡味，清爽，但肠胃滋养。日子越久，越觉得平淡真是个好东西。

素心，若清水煮莲子。一个人，独活，那心里，清喜着，也清凉着，尘世纷扰，与我何干。

## 与光阴深情相依

渐渐，愈来愈沉迷这尘世，入骨沉迷。

晨起推窗，紫叶李一树繁花静立，玉兰把花瓣砸了满地，青山将重重心事说给风听，厨房砂锅中煲的汤，炉上有正煮的茶咕嘟，案几上有我爱读的书，窗台上是需要打理的花，春色浩荡，风月无边，顿觉良辰美景，不可辜负。

红尘滚滚，人世翻腾，愿在四季流转里，做这样一个安静的女子，守着一间老屋、一日三餐消磨，聊天、喝茶、忆往事，寂寞得如一朵花，淡然，素雅，清丽，散发独有的芬芳。

于风起的长夜和衣而卧，枕着滴答的雨声入眠，第二天被窗外的啾啾喈喈鸟喧唤醒，草木勃发，叶碧如新，天空如洗，小片菜畦绿汪汪，园中的桃、杏、李花都开着，树上开满了，就在地上开，涧户寂无人，纷纷开且落。

能于乡下偏僻之地，购田置屋，劈山种菊，真乃幸事。这清晨的空气，水汽氤氲，沏了一杯茶，心情宁静平和，几茎修竹，日华澹澹，低调朴素的光阴里，雾绕山，雨敲伞，心在静处，万水千山，最终不过一杯清茶。

其实，心有深情可寄，万物皆是情深。世上太多的东西都不可轻易辜负,比如盛开的花,眼前的人。世间尽好,唯你最好。

与先生各忙各事,他劈柴,我写字,亦相安无事。偶尔回头,相视一笑,很多话,即使不说,亦懂得。

生活里的爱情,没有那么多山高水远,多的只是家长里短、一餐一饭。亦舒说,如果爱情不落到"洗衣、做饭、数钱、带孩子"这些零散的小事上,是不容易长久的。这话我信。人和人的相爱,只不过是关一扇门、看两朵花开、说三句情话,有人为你立黄昏,有人问你粥可温,许你一世长安,护你一生周全。世间最动人的情话,会用一辈子的时间慢慢说。

女儿时而淘气,时而乖巧,不要严苛管束,爬楼上树,采花捉鸟,戏猫逗狗,都由着她的性子去。我只负责带她去花田溪畔,看她扑蝶采花,嬉闹玩耍,我坐在草地上负暄,讲几个童话故事,至于人生的大道理,让她自己去总结,世界终归无解,愿她的遇见,每个都新鲜。

粮食于楼上晾晒,有鸽子落地来啄,猫伏在拐角阴影里,离弦之势扑住,真是潇洒威武。小院的日子,夜晚好,繁华如梦,白天也好,安宁如流。柴米油盐之小清欢,生活如流水,哗哗往前走去,愿沉醉于这俗世烟火、小情小爱里,恋恋风尘,直到地老天荒。

生命来来往往,万物盛极必衰,如这四月花事,蔷薇、紫藤、虞美人、三色堇,如何耽美葳蕤,最终凋落飘零,无踪可寻。可这又有什么呢?物极必反,死死生生,生生死死,来年又是一场轮回,花还会再开,人还会再来。

花间一壶酒,天地分两边。我闲时静看云,远观花,备几阕诗词下酒,花赏半开,酒饮微醺。我要在春日的花田里写几首诗,我若不写诗,花来写,花若不写,蝴蝶来写。

心怀喜悦美好,每个日子都是恩赐,每天都是度假的心情,每天也都有好事情发生。桃红李白柳青,百鸟千花深林,人生有什么好着急的呢?春来满眼,黄鸟一声,慢慢往前走吧不必把日子过得兵荒马乱,好的人生,不着急,生命总会找到他自己的出路。

亦不再和过往藕断丝连,不论人或事,时光不断把春风、夏雨、秋叶、冬雪推送给我面前,若再不接住,就倏一下消逝,悔之不及。冬去了,春来了,雾散了,云走了,打水耕田,锄荷采药,心无外物所累,宛如清扬。每个当下,所有美好的事,都值得慢慢品尝,慢慢思量,仔细珍藏。

最喜安静清宁之日,安于当下,不记回不去的曾经,不挂不确定的未来。临池观鱼,披林听鸟,酌酒一杯,弹琴一曲。忽觉人最心无挂碍时,并不是觉得如此好地活着,而是干净通透得如一缕白月光,好像并没有活着,或与一枝花、一株草并无他异,这样的姿态,干净也骄傲。

其实,光阴漫漫,人世潦草,对这个尘世深情以待的人都了不起。即便光阴老去,亦绝不随波逐流,不人云亦云,保持着对山川草木的痴情,以及内心深沉的静气和盛大的孤独,不往热闹处去,不往欲海里扑,天真和朴素与日俱增,以孑然的姿态,一个人隐着,写几行玲珑小字,读书、养花、远足,一直到身体佝偻、发落齿摇,到了动不了的那一天,做一个别人眼里奇怪的老太太,天真着我的天真,我与时光,谁也不输给谁。

　　人世温暖,岁月情长,做一个内心明朗的人,寄心松竹,取乐鱼鸟,不喧哗,自有声。

## 时间累积的哲学

晨起，看雪，剥橘子。雪在屋顶，树干，地面都开了花，一年就这么晃悠悠过去了。每天如果闲散无事，倒真是一种福气。可大部分时间都在奔忙，承担一些略微超乎自己能力和精力的事务，实在辛苦，但有人谓之上进。

朱光潜谓："深人见物亦深，浅人见物亦浅。"凡事在乎一心矣。身在热闹处，心有山林之致，乃世间妙人。

春风如酒，夏雨如茗，生活若无负累，购置钟情之草木，布置院落，实是足矣。心里没有大志向，却可得寿山自在，仔细算一算，哪个才划算，哪个才是聪明人呢？

世间风月美好，唯闲而得之，只有以如此心情去观照欣赏，才是天地万物的主人。无论岁月荏苒翩跹，世事浮沉变幻，放下名缰利锁，看淡得失，远离是非，人生就不会差到哪里去。

人这一辈子，万事万物终不可留，那些已逝的，有多少在心里得到永生，暂存的，终归成为泡影。生生灭灭，起起落落，回环往复，看不透的，是愚人，看透了不说透的，是聪明人，看透了也说透的，是真人。

万物皆有灵，人与飞禽走兽花鸟鱼虫世间共存，可以如蝼蚁般平凡活着，内心却可以像神灵般光芒万丈，因而发现美的事物仅存于一心。日影翻墙，月色入户，夏日菡萏迎雨，秋日竹邀清风，春日琴瑟和鸣，冬日茶书做伴，笔墨之趣，晴窗响拓，生活里的好看，其实是内心深处的好看。

没见急躁的人拍到过昙花一现，那些心沉静得如虎豹一样的人，总能发现生活里最精彩纷呈的美。要有拿出手的货物，就得付出百倍的耐心。

要说，这世间最奇怪的难以揣摩的，怕就是人心了。人孤独地活在世上，想要被认可，被拥戴，就要拼了命地伪装，褪去华丽的衣裳，全是似是而非的疮，即便你以为很好的关系，最后也不过相识一场。

日本茶圣千利休云，"诗人只盼着花儿，我在大雪深山的枝头，看到了春意盎然的希望"。万物更迭有序，物极必反，苦海无边，回头是岸，生的尽头是灭，灭的尽头是生，生生灭灭，即生即灭，太阳退去，月亮出来，不随人的意愿转，诸法自然，人不骄不躁，不徐不疾，内心通透安静、淡然微喜，把这每一个日子都过得新鲜有味，方才是个聪明的。

亦不善与人交往。若有人问话，自己没及时回复，便有人喊小作家摆个屁架子，也会生阵子闷气，骂几声娘，但过后就释然了。不管何时，也不会打乱节奏，迎合他人意思。简单的生活方式，直来直去的人，没有功利的交往，如花开花落般自然，任性就任性了。

成人的世界，更多地学会了遮丑。经济不力的，吆三喝四的场合便不去了；精力不济的，声色犬马的地方也无缘了。一个为文的人不再说话，无非两种意思，一种是世间清净得无话可说，无慨可叹；另一种则是对这世间确已无话可说，无慨可叹。

可话说回来，人这一辈子，匆匆忙忙来到世间，辛辛苦苦为生活，不管走到哪个地步，都要给自己找点乐子，高高兴兴的，整天郁郁寡欢愁眉苦脸，有啥意思？说到底，世界都是一个人的，耳不听为静，眼不见为净，一茶在口，一书在手，山野泉石，你若干净，世界便是清雅，你若简单，世界便不再复杂。

听一曲琴音，喝一杯老茶，读一本闲书，天地光阴，四时更替，皆是休身养性悟道之体。想来人的一生，不必声色犬马，千秋万代，平凡不过的一杯茶。世间烦恼，皆是庸人自扰尔。人生之累，一半源于生存，一半来自攀比。若能远离市廛之喧嚣，声不乱耳，色不扰目，不与俗扰，不沾尘氛，行文以写景，作画当寄情，以此作为安身之所，悠远淡泊之境可得矣。

山中日月，愈静愈长；世上炎凉，且变且幻。胸中阔静，一世清凉，是我等孜孜所求。

这口茶，若没有那苦，那涩，就若这墙上没有经载蔓生的藤条，基脚上没有远年积留的苔藓，这屋子也便没了意思。即便是于其中寻热闹，也须适可而止，一人独饮，或三两人共饮，滋味各异，然满座亲朋吆五喝六便失去品茶的意境。正所谓"一人得神，二人得趣，三人得味，四五为泛，六七为施"，饮者如交友，宜少不宜多。

闲暇之时，静坐陋室，安顿身心，思忆这些年一路走来，那个偷闲嬉戏的少年，忙碌平庸的成年，成熟稳重的中年，老绿沉静的暮年。人生像爬山，虽然很累，但很快也到了半山腰，要走多少弯路，就得走多少，一米也少不了，接下来的路，就慢慢行，不要急。

庭院覆雪，天地一白，万物清凉，人不徐不疾，于雪中生炊，听灶里柴火毕剥，弄一些人生食事，衣上、发间也沾了几分白。

时光越老，人心越淡，风雪既来，起炉，煎茶，置盏，眉间清净，眼底无波，饮杯中乾坤，饮一口留香唇齿，听一声落雪敲竹，手中茶，再添一盏。

## 老了，做一滴清水

老了，置一净室，穿粗布的衣裳，拄桃木的拐杖，看早晨的阳光打在坑坑洼洼的老木桌上，桌上，茶汤凉热恰好。

那时一定知道，再旖旎的花事，春天一过，也会走向凋落；再喧闹的人生，百年之后，也是要结束的。门前绿柳，梁下紫燕，堂前旧物，桌上肴馔，如檐角寂寂清风，删繁就简，目之所至，皆是世间慈悲。

到了这个年纪，人生的一大半已经过去，汲汲营营，浊土嚣尘，山河浩荡，风云聚散，草木荣枯，光阴增减，来来去去，岁月的四季，没有了橙黄橘绿的风景，却修得一颗平淡安静从容的心，获得一生里最沉静的时光。

每个平淡如水的日子，在第一缕晨光里离开草席，吐故纳新，洗面篦发，洒水扫尘。于午后树荫斑驳中小坐，以蒲扇唤清风，净耳纳鸟喧。黄昏日落，负手庭除，闲观天地，光自拂，尘自舞，花自开，人亦自在。万事万物，简单素朴，清扬婉转，在每一个平凡的日常里感悟普罗生命的葳蕤与盛放。

老眼昏花，手机一定是不看了，钱财更是身外之物。生活过得如周作人先生所写："我现在的快乐，只想在闲时喝一杯清茶，看点新书。"不再为赚大钱、发大财、谋职位焦虑，常常一个人安静下来，看日影从东墙落到西墙，听秋虫们从早到晚和鸣。亦不立于人声鼎沸处，一个人，一杯茶，一串珠，清心打坐，品尝生命里一切清淡的滋味，世界喧闹，只做一个与世言和、静而不争的老实人。

一日三餐也要费点心思。这个年纪，不服老也不行了，牙齿脱落，味觉也退化了，饮食一定要清淡，吃春天里的香椿芽，摘田地里的野南瓜，山珍鲍翅大鱼大肉与己无缘，就爱这小葱豆腐、糙米白粥，"薄薄酒，胜茶汤，粗粗衣，胜无裳"，粗茶淡饭才最是养人。

在院子里遍植四季常开的花，心无旁骛地打理自家小院，花草杂树，收取四时之景，栀子，夜来香，百日草，长寿花，矮牵牛，酢浆草，还有一架的木香花，虽然记性不比年轻时，但能叫出每一种花草的名字，知道它们什么时候开花，春天还是夏天，白天还是晚上。也会像横光利一那样，在花下会心微笑，笑这人间可爱，花香可爱，也笑学人家黄庭坚那般，写一个不像样的"花气熏人帖"的自己啊，更是可爱得要死。

到那个时候，一切的过往，都变成了"曾经"两个字，那些过不去、舍不得、放不下，也都轻轻放下了。回忆走过的车马劳顿，知道表面的风光都是给别人看的，拨开尘网世劳，天地无言，澄澈自美。一生里，一定要过一段优雅娴静的时光，赏春之妩媚、夏之葱茏、秋之静美、冬之肃穆，内心安宁自在，日子简单平淡，就是人一生的幸运。

要说还有痴,就痴于这山水日常,贪恋这花花草草。爱蒲草,宁静、闲适、散淡,与松竹为友,与明月做伴,忍寒苦、安淡泊、伍清泉、侣白石,有山林意,无富贵气,因她似我,都似我啊,在自己的一方天地,小桥流水养花喂鱼,与心独处,以草木之清灵,修内心之宽柔,干干净净,从从容容。

真的老了,腿脚也不利索了,只能写写字,画个画,老友造访,从抽屉里拿出藏货,好也不好,坏也不坏,评头论足,呵呵一笑,心下自是得意一片。闲来无事,一本旧法帖,几种快意书,每一个小字,都透着温柔意,每一篇文章,都渗着恬淡心,累卷散帙,以书洗面,面上尘自然扑去三寸。

这时若还不明白一些人生的道理,肯定是不行的。知道生老病死、求不得、爱别离、怨憎恨,都是人这一生必做的功课,生命里的每一次磨砺后的闪光,都是岁月的补偿与恩赐。唯在白发之年,以宽厚清宁之心照见天地、照见自己。你看,即便冰雪封门,窗外的枯枝还在酝酿着新芽,摆放在前面的路,或许也平坦,或许也坎坷,如果没有人搀扶,哪怕慢一点,自己也会撑住,一直一直往前走。

老了,既知时光最绝情,生命终归不会圆满,回想那些年少的过往,情情爱爱,分分合合,浓时如酒,淡时如风,浓也好,淡也好,都是一场梦,梦醒了,也只是淡然一笑,不再计算。人来人往,缘聚缘散,纷争喧扰,万物一期一会,再亲密的人,也只是彼此生命里的路过,不论岁月如何,都要明媚且清醒地活。

余生,岁月渐晚,不羡高处的风景,亦不爱热闹处的风光,做一滴清水,静静地待在自己的碗里,干净、清澈、透亮,哪怕冬天来临,也要成为圣洁的霜花,有雪的洁白,有露的晶莹,不论是非,不争世事,人与残梅,淡然相对。

## 第四辑

## 守住内心的低处

"世事难控,人生随处不满,万水千山走过,悟得世间事哪有对错,有的只是人心而已。不如于山野林间、繁华之外,造一间雅室,遣散愁闷,消遣些许碎时光,诗情满怀。庭院不大,却观照内心,进可远眺,退可幽居,四季轮转里,独得一味痴心。"

## 守住内心的低处

冬日,家里的繁芜事都停了下来,起火生炉,煮水喝茶。

花是没几朵开的了,除了窗台上的一盆红菊,歪着脑袋,静静兀立,只一朵,让灰墙青瓦间兀自多了一抹鲜。至于其他,在这个季节都销声匿迹了,村舍、屋顶、院落、矮墙,有着繁华落尽的素简。

忙碌的人总是矛盾的,盼着时间快快过去,好摆脱繁杂琐事,好不容易跑到前头一看,发现现在和以往并没什么分别。遂想,人间风月,唯闲者可得,还是要给心里置一方净土。

避开红尘事务令人烦扰,于尘世修心,遁隐于野,树木为柱,茅草为顶,围一方小院,炉火、茶烟、清风,俱佳。

年有四季,物事日常,人静物动,处之融洽。竹私语而摇曳,石沉静而深思,草可爱而招摇,木亭立而丰秀,虫自在而活跃,水波涌而荡漾,徜徉于山野拳石间,赏心于明月清风之夜,会意于花影婆娑之前,以草色为丽景,入山林之况味,尘心渐消,得自在山人的气质,心悠然旷远矣。

草木葱茏时固然好看,但冬日之色亦不稍减分毫,若于傍晚天暮,万物沉寂之时,雪飘飘荡荡洋洋洒洒不请自来,阶白、池白、木白、石白、庭白、屋白,天地上下白茫茫一片,又是一番上好的景象,人负手呆立于庭院，心伫然不动，似有一些说不出来的话。

活到这把年纪，知道很多事情并非我想象与本以为，劳心耗力、长久碌碌，或心有所扰、终日惶惶，乃常人之常态，内心凌乱，精神必然疲累。围池养鱼，辟地栽花，如诗方寸里，不妨研究石如何置、案如何放、饭如何煮、茶如何饮，对那些很小很小的事，可以花费点心思，知道很多很多。

"有何不可，依旧一枚闲底我。饭饱茶香，瞌睡之时便上床。"一方小院，不求多大，能饮茶听风就好，不求奢华，有花草相伴就好，不求高楼，能看远山林岫就好。

人间春秋，叶落花开，杂芜琐碎，不如美景在目，能忘一刻便是一刻，能喜一时便是一时。心无机事，好风凉月，袂雨时雪，花开满庭，酒酣茶酽，蔬食真味，闲心澹澹，时间悠悠而过。人皆求身闲神静，心无挂碍，一旦真的闲了下来，就如何打发时间，把日子过得像个样子，又需妥帖规划。

学做时间管理，既祛忧解烦，又充实丰富，既不寡淡无味，又不劳损身心，不能太过松散，松散则精神萎靡，不能太过紧密，紧密则消耗折人，如一日三餐，荤素搭配有度，身心才得滋养。过犹不及，恰到好处，才有益颐养身心。

人生总有起落，高处风大，守住内心的低处，不随波逐流，不任意西东，就守住了世界的宽阔与明媚。

漫画家蔡志忠说，每块木头都可以成为一尊佛，只要去掉多余的部分。一生学做"人",就是学撇开和捺住,简朴,素淳,克制,去芜存菁,不蔓不枝,才可活好一个人,修得精神的欢愉与富足。

雨种竹,晴读书,春栽花,雪里饮茶,树下喝茶,有朋友相邀,君子淡淡交,又不太亲密浓酽。日子要自在恰适,身心松畅,偶外出行走,随意趋向,边看边歇,赏景休息,又免旅途劳顿。若意兴阑珊,懒于远游,乡间也有取乐之所,闹市茶寮之中杂谈嘻笑,瓜棚豆架之下对弈消遣,乡野村夫,亦得淳朴率真,酣畅可爱。

室庐之中,无蹙眉之事,轩窗之下,无浊尘之物。人这一辈子,总要不论输赢、不计贫富、不较高下地活一回,不为春华秋月,只为自己低头,长案供石,灯下展书,平常日子,依旧情丰趣沛。

所谓凡人,难免有不如意之事,然郁结于心均非去忧难解之法,且于事并无助益。水清而静,石稳而安,木挺而秀,天空而远,云淡而悠,当把眼光投进这美好景物里,很多宵小琐碎瞬间不值一提。好景如斯,再想那些不合时宜的东西,实在对不起这上天的馈赠了。何况,人活在当下,当下好或不好,其实并无定律,人终其一生,亦只在人间暂住。若心里有什么过不去的事儿,就去看看山野万里,吹吹匝地清风,扫尘俗而生闲意,舒幽怀以乐素志。漫长的岁月里,只图内心平淡欢愉,在日常点滴、一物一事中寻得内心的诉求与安顿,修炼精神的素朴抵御物欲的满足,乃涤荡尘氛之良策也。

人皆乐与心气和善之人言语,如水润心,不平之气亦释然无存。气和心暖,内心欢愉从容之人,其福亦厚,其泽亦长。世事繁复跌宕,人心复杂莫测高深，唯与天地精神独往来，向美向善而行，清虚淡泊，滓秽日去，即使心有波澜，亦被青山绿水治愈，内心坦坦荡荡，日子蓬蓬勃勃，和美安好。

一晃半辈子就过去了，再宏大的愿景，最后都想求得一份从容安静。天下最好之事，便是无杂事扰心，无琐务催逼，修篱以隔世，植蕉以隐幽，夏赏荷花，冬听雪舞，尝淡中味，品淡中香，一人可，两人亦无不可，不慌不忙，不愠不怨，从忙碌中抽身，于纷繁杂念处，留一份闲适的空间，柴丰米足，平安无事。

寻常日子，宜居方寸。小室安静，室内有窗，窗外有花，花旁有树，人于其中，一日三餐，雨来移花，日来种草，时接佳客，偶看黄花，独享盛景，在庸常平淡的日子里，娱己明志，最是应景，内心秩序井然，亦不觉有过分之处。

冬日好景，无非素雪纷飞时，寒舍茅屋，冰天雪地，一人踏雪而来，振衣卸巾，摘帽弹雪，庭院天地一白，唯枝头梅花殷红一点，庭外寒枝负雪，天地一白。一棵白菜，两根萝卜，三五蔬果，万事万物，皆可爱可亲，人生炉起灶，添柴煮饭，围炉煮茶，忙于一场炊事。

## 淡的滋味最浓

"醲肥辛甘非真味,真味只是淡。"这是《菜根谭》里的一句话。是说醇厚的美酒、肥美的食物、辛辣与甘甜的食品,这些都不是真正的美味,人世间真正的美味是清淡的。

苏轼落难,坡地垦荒,变成了苏东坡,三天喝酒两天醉,不小心碰到人,被人打倒在地,他反而大笑。曾经的翰林大学士,天下谁人不识君,而今给好友写信称"自喜渐不为人知"。至于写文章,他说:"大凡为文,当使气象峥嵘,五色绚烂。渐老渐熟,乃造平淡。"

落花无言,人淡如菊,心素如简。人这一生,酸甜苦辣咸,百味尝尽,最后才觉出,淡,是人生最深的滋味。

淡,不在痛苦中沉溺,也不在获得里狂喜,不动声色、举重若轻,有着骨子里的从容与优雅。

"王维的画淡,陶渊明的诗淡,王羲之的字淡,李煜的江山淡。""李煜真是奢侈,千里江山都是棋子闲云,都是词的景深。"林东林在《替全世界去仰望》里评述。

大喜大悲,大起大落,却不言不语,无声无息。

万病之毒,皆生于浓。有人汲汲一生,或浓于声色、货利,或浓于功业、名望,于是食不知味,夜不能寐,生出虚祛、贪饕、矫激之病。这种情形也只有一味药能解，就是"淡"。人的养生之道，无非清净平淡。云白山青，川行石立，花鸟迎笑，一切皆可放下。

曾是不可一世的南唐国君，谁知转眼成阶下囚，深爱的小周后被他人霸占，李煜身居囚室，听着春风，望着明月，触景生情，愁绪万千，夜不能寐，写下了"雕栏玉砌应犹在，只是朱颜改。问君能有几多愁？恰似一江春水向东流"的绝命诗句，江山易主又如何，也比不过和小周后制香、品茗、赏曲的日子，那一缕淡淡的哀愁和深深的怀念，都化为宁静、清新的字句，融进诗里，任后人叹惋、吟诵。

"大雅平淡，关乎神明。"超然于物，清淡高雅，是文人追求的一种为文境界。

汪曾祺的文字平白如话，却耐人寻味。他去巴金先生家喝功夫茶，写道："我第一次喝功夫茶，印象深刻。这茶太酽了，只能喝三小杯。"第一次品功夫茶，没有任何描写，只有三个字——太酽了。他写自己钟爱的美食腌笃鲜，"上海菜。鲜肉和咸肉同炖，加扁尖笋"。也只有这粗略的几个字。

有人问汪曾祺，语言到底是惊人好，还是平淡好？他直言不讳地说：平淡好。接着又补充：但是平淡不易。

平淡质朴，但要淡而有味。如南宋文人葛立方云："大抵欲造平淡，当自绚丽中来，然后可造平淡之境。落其华芬，然后可造平淡之境。"

季羡林的散文就蕴含着一种淡然之美，他认为万事万物方生方死，应顺其自然、泰然处之，他在《九十述怀》里说，"我已经死过一次，多活一天都是赚的，到现在已经三十多年了，我真赚了个满堂满贯，真成为一个特殊的大富翁了"。这是对生死、荣辱的淡然态度。

生活无须滚烫，也不必耀眼，看淡世间烦恼事，只向心中觅清凉。

那个称自己为"雪个"的八大，白眼向天，无枝可依，天地间唯此一个。不仅书法简静，画风写意，逸笔草草，大难之后，交友淡，人生淡，书法淡，残山剩水，多用淡墨，一股清凉，清雅，高古，似一面平静的湖，一片飘荡的云，一座静默的山，不见燥热，绝无烟火。正如他笔下那一枝菡萏，横斜水面，池中半开，清风徐来。

四季里，春繁华，夏燥热，秋丰赡，唯冬最淡。晨起，推门而望，南山白茫茫一片，天空刚刚放晴，太阳的光芒透过薄薄的云层照射而来，依然清冽寒冷，屋檐上积雪未消，院子里梅花枝条闪着晶莹着冰的光亮，这种清冷、孤寂、浅淡，却给人不寻常之感。

曾被誉为"是一道不可不看的风景"，老北京的头牌交际花民国女子陆小曼，徐志摩飞机失事后，陆小曼带着他们爱情的山水画长卷，不再交际，用了几十年的时间，致力于整理出版徐志摩的遗作，曾经的爱恨繁华，都如过眼云烟。

回首向来萧瑟处，归去，也无风雨也无晴。经过了生死，最后，一切到底是看淡了。

即便是那人性上盘根错节的胡兰成，也向往平淡简静的生活，文笔如涓涓溪流，读来总有"明月松间照，清泉石上流"的清淡与安静，他写他的村落，"我小时候每见太阳斜过半山，山上羊叫，桥上行人，桥下流水汤汤，就有一种远意，心里只是怅然"。一手的曼妙玲珑文章，透着一股子摄人心魄的静与淡。

看怀素的《食鱼帖》："老僧在长沙食鱼，及来长安城中，多食肉，又为常流所笑，深为不便，故久病，不能多书，实疏。还报诸君，欲兴善之会，当得扶羸也。九日怀素藏真白。"

一个大和尚，性情疏放，吃鱼又吃肉，人家骂他，他却写下这么一个帖子，还称人为"常流"，完全不把那骂当回事儿，也算是高妙之人，老僧无戒啊。

世间所有繁华热闹，都是虚张声势，人生的常态与真朴，本就是自然使然，饥来餐饮困来眠，说老实话，表真性情，何来那么多的正襟危坐与道貌岸然。但尘世吵闹，行走其间，便少不了虚与委蛇、强颜欢笑，唯有在内心留存一丝淡泊，以抵挡嚣攘的洪流，在闲慢的生活里，做一些有趣的事，觅得人生最浓的滋味。

儿时总想要设法往外走，而今也只向往回到那方寸之地，风，草，老屋，灰瓦，泥墙，倒在地上横七竖八的檩、椽，即便瓷瓮、破缸、烂碗，都会凝神良久，在漫天的尘埃里静默，风物盏盏，落落清欢，恋恋不舍。

## 新花与旧物

屋子总是收拾不完的。每天都有新尘蒙上窗台、桌柜、床头,摆放在固定位置的轻点物件不是被猫儿推挪了地方,就是地上被家里哪个不自觉的人丢了果壳、瓜子儿皮。只能一边嘟嘟哝哝,一边忙忙活活。

但说来也怪,若是家里静悄悄、干净净,一副万年不动的样子,干活的人自是不用辛劳,但心里却是空落落的,所以说,埋怨也不是真埋怨,多少都带着点小幸福和小得意。

平日总喜欢把家里堆得满满当当,这地儿空,置办桌椅,这墙空,挂幅画,不知不觉间,房里空间愈加逼仄狭小,走起来不是磕着腿就是碰到脚。想来很多东西其实都是多余的,人只是怕委屈了自己,想要过得更舒服,便没有了节制。而今,扫尘倒成了要紧的事情了,清理起来忙忙碌碌,很是费心。但这件件旧物,都是从光阴深处走来,像是你的一个旧相识,总是不落忍丢弃,哪怕终归需寻一个安放之处。

看这一堆衣裙,面料还完好无缺,但已不时兴款式老旧,穿不出来。又想起曾经心爱的旗袍现不知去了哪里,那是十多年前在民生商厦的布料,量身定做,鹅黄的底色,印着烟灰色暗花,挺立的圆领上有着褐红色的绲边,腰身收得恰到好处,衣服做好后一直没有上身,除了舍不得，主要还是觉得穿上原形毕露，有点羞臊，于是就当成宝贝一样压了箱底儿，只留一些斑驳的记忆。

如今思想起那个花色和细节甚是别致称心，后悔没有存放好。人总是这样的，手里握着的时候不以为然，一旦失去了，便又心心念念起来。每件旧物，都有属于它的故事，沾染了时光的痕迹，只是，这世上没有永恒的不分离，也没有永恒的拥有，舍弃或留存，其实早已在心里处置了。唉，这屑屑索索的小日子呀，若是与一件旧物适时相依，便能轻易躲过世间纷繁，揽一怀自己的千山万水。

"木讷而健忘的灰色老屋，只留下满园子的树木，那些重碧交翠的灵魂，做他无言的见证。"还有这个在风雨里飘摇了几十年的老屋，满盛着清凉，也满盛着古老的故事。靠着台阶疯长的杂草和野花，墙壁上烟熏的痕迹，落满灰尘的铝锅盖、瓷缸，氤氲着往日的旧梦，脱落油漆的门楣，"吱扭吱扭"叫着，石头门墩已磨得光滑，铁门闩锈迹斑斑，黄的、红的、白的菊，或是被雨水冲刷，或是被车子碾轧，四面八方乱开一通。

奶奶的乌木拐杖还倚靠墙角。古老破旧的房屋终日没有阳光，还有夹杂着潮气的旧木家具，似乎看见了奶奶，看见她宽大的蓝布斜襟衫裹着的娇小身影，挪动她的三寸金莲吃力地干活儿，她去坐到矮凳上，端着圆圆的筛子筛豆子，每筛一下，都用手轻轻拨去干瘪的豆荚壳儿，噘起嘴用薄而小的唇吹去豆子上的浮皮儿。

熟悉的砖隙瓦砾间，还藏着儿时的风，光景依旧，只是那些镌刻在记忆深处的故事，已成了秋光里的一杯凉茶。哪怕是曾经叱咤内外的小脚奶奶，也只是它其中消融了的一番景致，每一个包藏着记忆味道的旧物，都在时光里散发着令人落泪的温度。

如今，家里添置的物件越来越少了，无非几株花，一把草，两只瓶瓶罐罐。不轻易请进来，不是物品妙到极点，心头爱到放不下，便不会草率行事。

前日看到日本一位设计师的设计作品，极简主义风格，除了餐具，两三件换洗衣物，一台电脑，可谓家徒四壁，没有杂乱物件的摆放，便不会花更多的时间在做家务上了，有更多的时间留给自己，做一些自己觉得更有意义的事。可是，谁不想要活得简简单单，但又不是恋恋风尘呢。木工、皮具、竹编、书籍、布衣、木料、老砖，那些散着久远的烟火味道的旧物，那些记载着时光与岁月痕迹的旧物，是回忆的安放之地，让人在不经意触摸间，捡拾起曾经遗漏了的时光，与过去的美好劈面相逢。

多少年过去了，人一直彷徨、一直寻找内心的安稳，以不同的角度切入，精神，家庭，儿女，事业，一边情深似海，一边披荆斩棘，历尽风雨磋磨，变成了今天宠辱皆忘的自己。烟火深处，再见如故，总是要经过岁月打磨后，才能照见自己的内心，水落石出。

有人说，幸福的最高境界，不过是住在一个老屋，陪着一个旧人，守着一些旧物，悠悠地数着一段旧岁月。过一个安宁闲适无世事打扰的日子，或是每个人心底的白月光，若风雨飘摇里，你和你那些有温度的旧物，伴青藤老树、野草蛰虫，看苔藓偎墙边、闲花缀枝头、清风摇青竹，平添一段诗情画意。

每个平平常常的日子温润地过着，海水漫过沙滩，细雨浸湿地皮，打碗花抻开花瓣，风把一些温暖的话吹进耳朵里，锅里的鱼汤飘出淡淡的香，猫在地上打滚儿，忽而抱住人的腿，窗外，红尘嚣嚣，自是与己无关。

## 静养淡泊之气

初秋雨后,天气骤凉,紫藤枝条载着露水横阻小路,衣衫拂过,珍珠般晶莹了一地。身披褐色波点战袍的斑衣蜡蝉,呆立地面,人来不去,轻轻一碰便跌翻下来,原早已干枯。秋风将枯叶堆积一起,藤条翻腾舒展如花,天空湛蓝,鸟儿想飞就飞,想落就落,屋顶、草坪、庭院、树枝,时而振翅,时而啄羽,比平日更似欢快。

秋风一吹,人便来了精神,夏日的疲懒已荡然无存,这时翻出封置的茶器,煮水清洗、烫壶温盏、拈茶冲泡,继续一段泼茶读书的日子。

朱熹主张:半日静坐,半日读书。但读书与生活,亦常常只占得一头,读书亦要静心而为,生活却无处不是。低眉嗅花,侧耳听雨,盘算着后面的小日子,时而笑笑,时而闹闹,乐此不疲。想想自己真是俗人一个,没有宏大抱负,只有这平平常常小日子,屈服于一日三餐,父母健康顺心,子女听话恬柔,便觉万事皆好。

安静的时光,是上天馈赠,只有心静如水的人能感受与接纳。赋闲之人,将这半生风雨、世事无常,个个消融,一一拨开,然后委身于这白墙青瓦的小院,负手观鱼,拈花一笑。在横无际涯的时光里,红一季,绿一季,着布衣,走厅堂,伍花草,将春兰入室,冬梅入瓶,秋桂入酒，夏荷入瓮，让日子的每个缝隙都漾出一丝暖甜意。

掰着指头数一数，这些年除去求学、工作、家事等诸般劳心琐事，这样随心慢煮的日子毕竟也是不多。那些艰难苦厄、伤痛锤心，一路走来的跌跌撞撞，打在身上的浪高高低低，意尤为在心，值得庆幸的是，精彩也好，落寞也罢，浪退之后，我还在。

这个年纪，少了不平之气，一切都淡淡的，悠悠然。人生到了下半场，如这云天浮水、好风如梦、山色照人的秋日，凭空多了出世的心态。风往哪去，云往哪驻，世事百态，行云流水，自然发生，不刻意汲汲，夜深日寂时，收拾归拢七零八散的心，轻掸浮灰，保持原本的纯白。

想来人这一生，过多少桥，蹚多少河，绕多少路，爬多少山，最后都要回到自家的门口，修得面皮沧桑，内心柔且坚韧。深味过生活跌宕之人，最后愿将生命的余情，安放于一庭一院、一花一草里，一两本闲书，三四杯淡茶，细雨扣窗，促织鸣户，于乡野人稀处闲销日月，精神清爽，思无滞碍，无聒噪乱耳，无杂事扰心，独得一份清欢，淡泊之气可养成也。

理想丰满，现实干涸，人总是需要用一种妥帖的方式，消减内心的疲惫，抵抗功利的世界。那些能够治愈人心的，非富贵傍身，亦非金银满堂，却是隐秘处奔赴而来的一缕清风，触目间不知何时绽开的一朵小花，甚或，这样一个幽谧干净的小院，恰是卸下紧张与疲惫的小径、通向松弛愉悦的暗门，让人于转角处的一张矮凳、一寸微光里，闭上眼睛，内心柔软如水、从容平和。

年至四十，人忽地一下就变了，开始关注养生，观照内心。奔走了大半生，忽然悟得，生活本就艰难，没必要取悦谁、迎合谁，得也好、失也罢，原来孜孜以求的理想生活，正是这一日三餐的安静平淡，一个朴素平常又随心所欲的小日子。

插花、挂画、习字、课书、吃茶，恋长物，尚美食，莳花弄草以怡情养性，闲读临帖以滋养精神，活在自己的世界里，以遣生活的余兴，不徐不疾，内心清宁，又有所钟，才是对生活的极致认真，才是平淡日子的最好凭寄。

一潭水，几块石，几丛花，不求避世入林，只有一方净土，青砖小瓦，栏杆格窗，一砖一木，一篱一落，无事不出门，尘嚣不扰我，苦茗胜肉食，松石胜珍奇，琴书胜益友，一处净土，百般乐事。

常为风雅事，养成闲慢心，小院重楼，于露台听雨、赏风，于庭院浣花、候月，于草木之间，听夜雨穿竹，看朝露凝叶，春花而秋月，夏荷继冬雪。往事不约而至，生活的况味，似于这丰茂抑或萧瑟之间，走过了千山万水，识得了生命的本然。

开门见山，启窗临水，青山涵野趣，绿水润精神。闲时邀一两旧友品茗清谈，无事诵陶杜诗文数篇。时光幽静，岁月绵长，清居幽境，深居简出，一榻清风，半床明月，目之所及，皆是景致，耳之所闻，皆是妙音，不管世界波诡云谲，生活投掷多少措手不及，只要一场从繁华到安寂的修行，生活的简单，在于简单的生活，止住内心的风，每天都是好日子。

事由心生，境随心转，如果非要跻于利欲搅扰之地，满目纷扰，俗累难断，一身疲劳，把日子变成式子，处事变成处世，交友变成应酬，肯定就没了意思。一山一水皆是风景，一杯一盏皆是从容，素心如简，心怀清趣，自与旁人不同。

秋天一到，时间就慢了，紫藤爬满廊架，鱼儿潜入了塘底，天空澄澈，鸟阵展翅掠过，生活再匆忙，人世再沸腾，也要把日子慢慢过，携远处风尘归来，推门入院，心才算有了着落。人最好是在秋风渐凉的季节，能够腾出点时间，做几件自己觉得美好的事情，如吃一顿最朴素的餐饭，添一杯最普通的茶水，过一段不染不争的日子。

早起，云镶了金边，一朵朵在空里集合，转红花侧着身子，将紫红放了满园，风从高处低处拂过，万物宁静不说话。秋风一凉，就看淡了很多事，天空远阔，旷野沉静，万事都不值一提。

## 做一个最懂这个世界的看客

　　常见人戚戚焉。说把这个世界看透了，所以伤了心。其实真的看破了，万水千山都是浮云，又有什么可以伤的？心不动则不痛，若可保有一份返璞归真之心，做一个最懂这个世界的看客，穷尽一生，走向内心的清凉和安宁，心神澄澈，是为造化。

　　老家阔大的院子，花在墙角绽开，云在窗外踱步，鸟在檐下穿飞。泡上一杯茶，轻轻抿着，门口有村里人经过，唤着我的小名，无须堆笑谄媚，轻声打个招呼就好，没有人钩心算计，没有繁文缛节，淳朴自然，有一种躲开红尘的感觉，那种安静清凉，是我喜欢的。

　　村子在秦岭山脚，离县城不远，离河水不远，离树林不远，田地茫茫，宽阔无边。所谓大自然，它拥有的一直都是顺理成章的自在，比起喋喋不休的红尘，它的博大无言总能妥帖地安抚人心。

　　不与人纠结，与热闹渐行渐远，烹饪物事倒越来越应付自如。凉拌木耳，香椿炒鸡蛋，自己蒸花卷，烙锅盔，窝醋，做柿子饼，麦饭，和乡里其他的农家小媳妇儿一样，擅长擀面，一小块面团，擀得圆圆大大的，切得细细长长的，下锅煮好、捞起。

　　臊子是豆腐木耳胡萝卜西红柿青菜，红绿交缠白黑相间，浇在热腾腾的面条上，看父亲端着老碗蹲在房檐下就蒜酣畅地吃着，心里美极了，这世界，最美的艺术可不就是烟火日常么。

日子过得跟画一样。平日里，林间观松韵，石上听泉声，草际烟光，水心云影，闲中观去，见乾坤最上文章。待雨水已过，潮气上升，夏日午后，红肥绿瘦，采来紫桑冰镇盛于白瓷细碗里，赏心悦目，午夜醒转，有小昆虫于窗外嘶鸣……若至秋日，水天一色，上下空明，云白烟青，气象宽平，小喜可欢，使人神骨俱清。

这简朴村落的日影，鸟啼，空山，飞流，顽石，流云，霞光，人语，草木葳蕤静默，山河老成沉稳，都让人心安，收拾起小半生的行李，置于这里最安静的角落，莫名满足，着一身素裙，腕上的玉镯衬得肤如凝脂。一切都干干净净，天宽地阔，多大的事儿都云淡风轻，都放下了。

翻看民国时期小学语文课本上的文章，看到这样的句子："竹几上，有针，有线，有尺，有剪刀，我母亲，坐几前，取针穿线，为我缝衣。"民国年间，纵是兵荒马乱，却有人心淡定，写出这样的文字的人，一定是花无香，茶无色，内心纯净清朗的。

母亲的眼睛早已不大好了，耳朵也沉了，说话得大声喊着和她说，她还是会歪着头，手搭在耳旁："说啥呢？大声点！"

给她买的新衣总舍不得穿，瘦小的身躯裹在我上中学时的旧绵绸衣裳里，显得很宽大不合体，那泛着旧光阴的褶皱和墨点，却温暖得让我想落泪。

母亲一生大门未出，围着小家转圈圈，河里浣衣，井中取水，灶台做饭，针线缝衣，内心纯良，从未对子女有任何要求，也不要大富大贵、万事计较，只愿家人日子过得安稳、身体没病就好。儿女的半生，是母亲的一辈子，我们就这样走过了四十个年头。我们只能竭尽所能，修得内心风停雨骤，安分地陪在她身边，衰老病痛，待岁月之水漫过。

要说起来，人生最重要的还是要修行、修心，修掉那些多余之物，删繁就简，越简越好，清白白，坦荡荡，也无风雨也无晴，便是最圆满。人还年轻，心已老了，或是人已老了，心还年轻，锦心素面，都是修行习得的。细细想想，都好。

佛说，红颜白骨皆是虚妄，青青翠竹尽是法身，郁郁黄花无非般若。常如冰雪在心，胸中无一物，才得天地景全。人生在世，如泛扁舟，俯仰自如，从容中流，鸢飞鱼跃，可以活泼呈现，天高海阔，心如冰雪，可以一心含纳，装下山河岁月。

愿于这简朴的小屋，抛开世事烦扰，我眉清心静，面容清和，与一声鸟啼、一朵闲云、一面青山、一株花草、一淙溪水交付欢喜。原来，内心清净，鼻息如幽兰，唇言似花语，是大漠孤烟，是雪落梅花，是晴空皓月，是纸端云霞，就这么安安稳稳地活在地面，亦是对自己满意之处。

还有那个一生中和自己朝夕相处的人，凡事有商有量，日子淡而有味，才能一起往前走。懂得与身边人相处的女子，亦是冰雪聪明的女子。

百年人生，总会有所思想与归纳，唯心有冰雪，才得世间一切美好，许是让人醍醐灌顶、迷津顿悟之箴言。

## 于声色外，精神自驰

人情反复，世路崎岖，都不再费神思忖，择一晴好的日子，于太阳底下闲坐，眼睛一闭，给自己一段放松和放空的时间，蔷薇花与老树根，玫瑰与土墙，松风与青竹，红鲤与白石，人生种种字句，释然而来。

想来这半生，籍籍无名，只把闲散的时光，在小小的院落之中，幻化出无尽的畅快与雅致，春系花铃，夏遮风雨，秋上化肥，冬建暖棚，躬身篱园，莳花弄草，邀蜂戏蝶，饲雀务猫，叠山理水，如此这般不务正业，不知耽搁了多少进取时光。

猫自城返，算是见过一些世面，来到乡下，如虎归山。每日大清早出门，两日后才返家，满身泥土，忽而于树下呆立，待雀儿落地，奋爪扑倒，欺犬抓蝶，上房揭瓦，又舐犊护崽、细致周详、母性婉转、天然尽显。那一刻的自在随性，真真羡煞人类。老人惊叹："此猫厉害哟！"

人生有幸，将天地生息，供养于方寸之间，抒发情操，吐纳呼吸，怡然自得。钟情者，闲适之时，内心娉婷于尘外，精神最是优雅。

与父亲建造庭院，白天搭凉亭、搬石头、和水泥、铺路面，晚上新灶开火，请老父亲喝茶。杯浅茶半，汤热烫嘴，喝惯了大茶杯，眉头一皱,嫌这小盏不过瘾,只爱他的大口杯,泡一撮喜欢的茉莉花。想必人人皆有所好爱,自己钟情便是好,又何必拘泥于形外?

人说,闲居可以养志。兴致使然。买来《园冶》和日式建造之卷,石径如何铺设,墙体如何垒砌,廊亭如何搭设,种种方法,读来甚为有趣。有曰:五月十三日为竹醉日,可种。又山谷谓竹须辰日种。又有云:"种竹无时,遇雨便移。多留宿土,记取南枝。"便趁蒙蒙细雨,拿了工具,去隔壁挖竹移栽。如今,竹高三尺,亭亭玉立,庭院多了几许洒然之气。

这些年,上进之心减退,却酷爱上了收藏旧物件。祖上传下的老衣柜、石头镜、旧家具、脸盆架、老瓷缸、鞋拔子、搓衣板、铁壶、瓦瓮、扁担、杆秤,斑驳破旧的肌理纹路,给荒寒的岁月赋予了迷人的故事与精神温度,在物癖的空境里,触寻对人生的热忱之心。

庭院遍植花草杂树。所有树木,最喜那些不听话的,长长短短,东来一枝,西抻一枝,所有花草,也最爱那些乱开的,东躲西藏也好,拦路挡人也好,调皮可人,深得吾心。清居小院,不论外面风雨如磐,一盆一石,一缸一瓮,一草一木,皆是内心风景,半山半水,亦是上乘文章,小院之布陈,一物一什,俱不从俗流。

"人之精神,本如莽原奔马,往来随意无所拘束,后渐被社会安排到一个位置,犹野马上缰,折损本性。"悲哉,伤哉,唯以心御物,唯以闲养性,于众人熙攘往来之外,一卷竹帘,一缕茶烟,一汪碧水,心旷神怡,檐下紫燕为友,穿堂清风做伴,采花为文,煮字以疗饥,朴素农家小院，千金亦不货卖。

世事难控，人生随处不满，万水千山走过，悟得世间事哪有对错，有的只是人心而已。不如于山野林间、繁华之外，造一间雅室，遣散愁闷，消遣些许碎时光，诗情满怀。庭院不大，却观照内心，进可远眺，退可幽居，四季轮转里，独得一味痴心。当时光匆匆流去，只愿做一无为的老者，独处，静坐，与岁月相安，不惊不扰，不辜负一方小院的清雅。瓦上苔，堂前雨，竹间风，檐下燕，阶旁草，终是，热闹千日，不如鸟鸣一声；美酒千杯，不抵月光半缕。

人间真情，如这手中文章，悲伤、兴奋、烦恼抒发的只是情绪，所谓真章，不到一定年纪是写不出来的，少年功夫老始成，繁华落尽，人书俱老，精神松弛，坦坦荡荡如清水一般，那气韵、沉稳、味道，才能看见美，写出美。

花开四时，清雅一室。这些年，总在寻找一些时机，躲开人潮拥挤，远离高楼林立，回到自己的小院，风也好，雨也好，图的是一份心安。清闲无事，汲水烹茶，与草木为伍，以花浣目，以文漱心，大抵为世人所愿，虽有他乐，亦不复艳羡。一方小院，四时佳赏，今日昨日，看似别无二致，却是境随心转，日日皆异，总有一些言语字句难以言传，只在心下感怀、辗转。

庭院里，春日落下种子，如今草木勃发，藤本攀缘而上，望之喜气顿生，极有意思。

## 心自在，四季都是良辰

孤花拙器，简单素净，窗外的阳光，墙角的阴影，恰到好处地构成美。

不能再多了，再添一件都是多余，都是累赘。那一抱小雏菊安静地待在花盆里，黄色的小花仰着小脸望着你，如淡妆的女子，很讨喜。

此时，寂寂陋室，满室盈香。

安静，是内心的修持，可惜，世间太多事都是打扰，撇不清。欲独享一份清静，只有向内寻取，这样也好，湖光山色如何，一低眉一颦笑，一投手一顿足，跟随内心驱遣。如此，最自在，亦最简单。

外出散步，亦非水秀山清之处不可，景色宜人固然让人欢喜，若屋舍倾颓、白墙斑驳、野草横生，也自有一番意趣。万物盛极必衰，昔日繁华，今日破败，都是美。此谓：虽不自由而不生不自由之念，虽不足而不生不足之念，虽不畅而不怀不畅之念。

听闻，花有色则无香，有香则无色。如含笑，异香薰人，却了无姿色，由此观，万事岂可求全？人人二字似是而非。你自以为好的，别人却不以为好，你所爱的，或正是他人所恶的，有人寄情于山水，有人移情于花草，皆是自然。若让一个不爱花的人去赏花，也是不可取的，如鲁迅所写的"吐两口血，扶着丫鬟，到阶前看秋海棠……"

这不仅是强人所难，简直就是折磨人家了。

常读梁实秋先生的"雅舍"，但他的"雅舍"不但不"雅"，而且还是一个令人无比烦恼的房子，"有窗而无玻璃，风来则洞若凉亭；有瓦而空隙不少，雨来则渗如滴漏"。邻人的鼾声、喷嚏声、撕纸声、脱鞋声传进耳来，就这样一所破房子，在他的眼里，却是"有个性就可爱"的所在，就连鼠子瞰灯、聚蚊成雷也别有趣味。而他，于战乱之时，抛妻别子，流落异乡，笔下却无半点自怜与悲苦。这种境况，也只有内心的从容淡定，才能品赏到"雅舍"的月夜清幽、细雨迷蒙、尘世之趣吧。

他说："人吃到老，活到老，经过多少狂风暴雨惊涛骇浪，还能双肩承一喙，俯仰天地间，应该算是幸事。"一个人能够"俯仰天地"，一定是活得旷达、活得通透了，岁有枯荣，人有生老，只能照单全收，人生最曼妙的风景，是内心的淡定和从容，待将世事一一经过，千帆过尽，再热烈之物都成平常事。

听过一个公案。有一次，释迦牟尼在灵鹫山说法，以心传心，拈起一金婆罗花，意态安详，却一言不发。众僧不解，皆皱眉苦思，面面相觑，唯有迦叶破颜一笑，于是释迦牟尼将禅心传与他。其实，佛祖所传的是一种至为祥和、宁静、安闲、美妙的心境，面对高深的佛法，只有面带微笑的迦叶，拥有一颗欢喜心。凡事看破，自然喜悦。

读《世说新语·识鉴》中一段文字，说晋时文学家张季鹰在齐王处做官时，某一日，见秋风乍起，想念家里秋日美味菰菜羹和鲈鱼脸,慨然叹曰:"人生贵得适意尔,何能羁宦数千里以要名爵。"说完,便辞官归乡。有人问他:"你总想着潇洒一时,就不管别人怎么看你么?"他说:"就算我名垂青史,也抵不上现在喝上一杯酒。"这位张生,也算是一性情中人,名禄富贵、青史留名,怎能抵得过他心中的那一份快意?率性如斯,简直任性。

万事不如杯在手,一年几见月当空。光阴百岁,急急如奔,不如把万事推开了去,虽身居陋室,但杯中有酒,锅里有肉,人生至此,福分亦是不薄,若至秋夜,明月高悬,虫鸣四起,桂香满庭,西风二两,自斟自酌,寂寞也别有一番滋味。几杯入肠,菊花、虫鸣、秋风、落叶、月色,无物不可下酒,人与"海棠"俱醉,岂不快哉?

醉吟先生语:"食罢一觉睡,起来两瓯茶。举头看日影,已复西南斜。乐人惜日促,忧人厌年赊。无忧无乐者,长短任生涯。"过日子像在读一本书,一会儿花儿开了,一会儿叶子落了,一会儿天雨了,一会儿天晴了,到手的每一页,都慢慢瞧、细细翻。

有人问禅师:"和尚修道还用功否?"师曰:"用功。"曰:"如何用功?"师曰:"饥来吃饭,困来即眠。"过日子就是参禅,晴天丽日是禅,清风徐来是禅,无声细雨是禅,白雪皑皑也是禅。

人活在日子里头,是风雪夜里赶路的人,谁也不知道何时才到终点,冬天走了,春天来了,一季又一季,一天又一天。过日子,少了些海阔天空、山高地远,多了些锅碗瓢盆、家长里短,有点俗气,有点烟火,但够鲜活。饿了一碗饭,渴了一杯茶,病了一粒药,看得见流水,听得见鸟鸣,只闻花香,不谈悲喜,喝茶读书,不争朝夕,好日子一直在前头。

野花艳目,不必牡丹,岁月静好,不及内心安好,心自在,四季都是良辰,回头看,昨日种种,皆过眼云烟,往前看,混沌无涯,不可捉摸,渺渺人生,山重水复,何必为名累?何须替花愁?

## 于生活低处寻欢

人须安置于合适的尺寸当中,夏有凉风冬有雪,在天地自然中俯仰呼吸畅然吐纳,目无俗尘,心无俗情,身体康健,才和谐愉悦。于是,一方小院,一间雅室,便成点化纾解的一味良药。

窗外是非,世俗荣利,车水马龙,辛劳困苦,难免有太多不得已,假日周末,回到偏僻小山村,所有人情计较、纷乱错杂都关在大门外,整个世界皆为己所有。

舀一瓢凉水,小凳上歇一歇,劲攒足了,气理顺了,就洒扫庭除,给葡萄搭架,给院子翻土,看看哪朵花开得好看,哪棵树还需要再努力生长一些时日,于小院里指点江山,世间庞杂,谁奈我何。

古人云,劳心者治人,劳力者治于人。如我这般,不治人,亦不为人所治,手把锄头,躬耕园林,在一块自我主宰的地方,卸掉是非挂碍,感受身体和心灵的放松,清享一时的快活自在。

忙时井然,闲时自然,生活布陈,本来如此。人之立身处事,恰如其分,方能不落俗态。

"高林受日,宽庭受月,短墙受山,花夜受酒,闲日受书,云烟草树受诗句。"这夏日午后,太阳火辣辣照下来,人懒洋洋的,着褐衣布履,坐在院子树荫里,吃冰镇西瓜,鸟雀来去欢叫,日子简直美翻了。

后院的椿木、核桃木可制桌椅、花架,斜靠在墙壁歪七扭八的老枝也颇有古意,质硬带杈恰可制衣架。大小不一的青石因材施用,池饰、座椅、底座、花台,俊也罢,丑也罢,每个都有每个的用处。石臼养铜钱草,石槽植剑兰,浴池碧水浮两朵睡莲,随意安置摆放,为小院增色不少。

看这小院儿,迎过一场细雨,紫藤旺了,猛长了几寸,刚移栽的芭蕉也青翠了不少,爬墙虎从高处下来,停留在空中,以一种最令人遐想的姿势,蔷薇争先恐后顺楼梯向上攀爬。入眼皆绿色。只有一朵小黄花端端正正地开放着。小院无语,人于其中走动,一物一什,生命原来如此欢愉。

古人雅事:溪下操琴,矶头把钓,卧听钟磬声,醉穿花月影。即便身如羁鸟,亦不妨心头跑马,找寻行乐之法。虽说世人所乐,皆以闲适最雅,然所谓清闲,并非无所事事游手好闲,"懒散度日的感觉就像吻一样,只有偷来的才甜美",以草木沁诗情,书卷养气质,精神得以熏染和滋养,长物清欢,闲而不散,穷而不酸,享受天然,所费不多,占世间第一等便宜。

想来,若非生活所迫,谁愿意离开这世外桃源,一头钻进社会里蝇营狗苟卑躬屈膝。可世间大事,生存第一,偶尔的言不由衷和委曲求全,反倒成一个人成熟练达的里程碑。

很钟情贾平凹老师说的一句话,"风刮风很累,花开花也疼"。忙时努力,闲时赏月,生活的丰满,在于张弛有度,日子有序,作为有法,才将枝枝叶叶勾勒布局得和谐恰当。

窗外叶落无声,屋内岁月静好。人生多少路,走过以后才懂真淳。有人留恋都市,在琉璃商厦里物质充盈,有人远遁深山,在白石花草里安放闲情。富人有富人的快乐,穷人有穷人的快乐,老少男女,不伤天,不害理,每个人都寻到快乐的法门,抵抗世事茫茫人生漫漫。

吃罢晚饭,母亲看电视,父亲去对门打牌,猫举起前爪细心舐舔,各自干各自的事,我不写字,也不做文章,拿出朋友送来的茶具,给自己泡茶喝。

窗外新月如钩,室内茶杯几只。一年到头,勤勉辛劳,坐下来,喝一杯茶,是很享受的。

屋内简朴,没有家电,也无过多的装饰陈设,简单的家具,却让人感到安静从容。闲书几部,冬读经,夏读史,秋读诸子,春读诸集,赏四时清欢,其间妙胜,不足与外人道也。

竹挂清风,苔偎墙角,一座庭院,两间厦房,容纳所有的清欢。

有曰,当你坦荡得一如清水时,就会看见最美的东西。这份审美,也仅在心静透下来才能悟得。经历人生种种,若还能保持一份坦荡,一颗如清水般的心,这该是多高的修为,如这一方未曾被侵染的小院,风来过,雪扑过,依然蕴持一份清宁,一份灵动。

还是惧怕热闹处。热闹处,心若浮萍,动荡难安,无落脚之地。半生无他愿,只求一方寸之地,供闲暇中贪欢。静坐,打盹,徘徊,赏绿草，闻花香，一枚文人，即便山穷水尽，亦有可爱之处，或许无人相爱，却最懂如何爱人，或许无灿烂的人生，却最识得人生之灿烂。

瓦屋纸窗，素陶绿茶，山下有村，村中有屋，屋里有院，院里有花。一切有为法，众生皆有涯。吃饭，喝茶，洗澡，闲聊，消暑，乘凉，理园，打牌，都是日常必需，却在这生活的最低处，抵达心灵最深处的快乐。

## 往后的生活

时间总是推着人往前走。孩子猛然夸张地睁大眼睛对着正在梳头的我大喊一声："妈，你竟然有白头发了。"是吗？是吗？小心翼翼地把拔掉的那根白发端在手里，内心惶恐，却不愿承认。

眼看四十匆匆走过，又急急奔五，皮肤松弛，牙齿松动，头顶的发量也日渐稀落，便知岁月不饶人，我们也不能再亏欠自己，往后余生，须从长计议。

城市的高楼林立，看似热闹，却像是隔了一堵厚厚的墙，让人压抑得喘不过气来。若是已经厌倦，不愿在这钢筋水泥的地方度日，便回乡下去，在村舍转角处置一陋室，窗明几净，造一庭院，院有梧桐，出门就能看见天。屋前屋后，栽上石榴树、杏树、苹果树、梨树、李子树，不一而足，室内置木榻、漆桌、藤椅，酣睡写读，均已有着，别无他求，反正够宽敞，任你折腾。

早晨，推开窗户能望见山，山尖儿上绕着一层薄雾，山路从村头大树蜿蜒而上，盘踞于绿树繁花里，有樵夫背着整齐的树枝晃悠悠下山来，水哗哗流着，清脆得像树枝上的鸟叫，但鸟儿更活泼，这个树枝上蹦蹦，那个树枝上跳跳，还衔着小枝儿去搭它的窝。

不能再吃快餐了。不吃转基因食品和蔬菜，再不每天将那些塑料袋、一次性饭盒、一次性筷子扔进垃圾桶，埋进土里，变成到一下个世纪也无法分解的污染物，把门口那片荒地垦出三分田，讨论种瓜种豆还是种花，后来还是当成菜园，菠菜番茄香菜韭菜，撒种，除草，施肥，再让它们喝上天降的雨水。不去应酬了，不去席间醉酒，不再让山珍海味堆积如山，我们不在铺排的山珍海味里觥筹交错，用白瓷的碗、木质的筷，一蔬一米一菜一汤，一碟一碗，哪怕粗茶淡饭，简朴素淡，虽没有大鱼大肉，葱是葱的味儿，蒜是蒜的味儿，也细嚼慢咽，吃得香，也吃得自在酣畅，清爽的口感与简单的滋味，串起了粗茶淡饭仪式感。

喜吃豇豆。夏末初秋，一条条豇豆垂挂在蔓上，摘下来，捡好，洗净。然后，用针穿一条长线，将豇豆一条一条穿起来，晾起来，晒干。当然，还有最爱的蒜泥茄子。拨开长着绒毛的大叶，摘下藏在枝叶下的紫色茄子，洗净，切块，蒸笼，盛盘，把捣好的蒜，煎油里扔几粒花椒，调好的汁浇上，香味四散。

还是专门为六只芦花鸡、花公鸡盘一个土窝棚，让雨天、雪天、秋深、冬寒的夜晚，它们可以闭上眼睛、安心地打个盹、睡一觉。若是那屁股肥大的黄母鸡，把蛋遗落在窝里，孩儿们也会蹒跚着走过去，用肉乎乎的小手掏出那个热乎乎的鸡蛋，学大人在太阳底下一绕。

不去为钱奔忙了，也就不必着急忙慌去上班。"闲下来"的时间，做点自己喜欢的事情：学琴、养花、缝衣、做饭、看书、编织……多年冷落的爱好，都一一捡拾了起来。日子平静无波，但总能将平淡无奇的日子，过得有滋有味。

说起爱好，离不了烹饪，时间长得不由要多花点心思在吃上，一个人做饭嫌孤单，就割一把嫩韭，搬个小矮凳，坐院子的石桌旁，一棵一棵地择，抬头看看头顶飞过的群鸟，四周水杉垂柳，鼻腔里充盈着泥土的腥味以及枯草的香味儿，暖阳晒得人昏冥欲睡，也许就在花香和鸟鸣中酣然入梦了。

这只是无数个日子里最普通的一天。临风听落花，倚窗与云栖，枕上读诗书，又简朴又天真，可以学一首琴曲，读一卷旧书，只专注于自己的琴里、古人的字里，活在时间之外，嘈杂的世界与我无关。那样的我，眉眼间有端静，有喜悦，永远不老。这样的日子，如林清玄在《人间有味是清欢》里说的那样：

浪漫就是

浪费时间慢慢吃饭

浪费时间慢慢喝茶

浪费时间慢慢走

浪费时间慢慢变老

屋外细雨飘落，闭门读书喝茶。大雪堆满坡时，推窗看梅，开门扫雪，把日子掰成两半，细水长流地过。

要养两只猫，一公一母，看猫洗脸，猫打架，猫游戏，猫吃鱼，看它们懒洋洋躺在阳光里打滚，在泥土里抓蚯蚓，扑飞虫，在落雨或落雪的天气里，它们在廊檐台阶，相互依偎，再生下自己的一窝儿女，在冬去春来里携家带口、颐养余生。

没事就去碧绿的山坡上溜达，写几行诗，看野草碎花在风里笑，天空蓝得像晶莹的宝石，拿着手机对着美景到处拍照。累了，就在坡上躺下来，望天空，怀里抱一只羊，手里揪了一把草，数一数春天里刚刚发芽的叶子，闻一闻雨后泥土和青草的芳香。

不安于案头清供，还要经营一圃花场，浇水，施肥，剪枝，晨昏忙碌，甘为花奴，待夏日，看花开朵朵，或虚实有致，或高低有韵，或素丽有情，观其摇曳于小筑之下，收获一份草木情怀，它充满着淡雅、优雅、清雅。

要在阳光照进来的地方，留一间房做书屋，有汪曾祺、沈从文、梁实秋、周作人的著作，纵然网上电子版方便且便宜，还是喜欢把这带着油墨香的书捧在手里。"田园精足，丘壑可怡；水侣鱼虾，山友麋鹿；耕云钓雪，诵月吟花……"物里看画，游心于案头，没有了声色犬马尘世操劳，独占天地间之闲趣，坐卧之间，尽是诗情画意；凭倚之际，皆乃幽雅余闲，灵气满怀，尘腑尽洗，不作繁华之想。

琴棋书画诗酒花，柴米油盐酱醋茶，一天又一天，不怕重复，不觉单调，清凉和低温的心态，过简单素朴的生活。外面的世界车水马龙，我们波澜不惊，把生活过成了宗教，白墙黛瓦，睥睨尘俗，在几千朵花香里烂醉如泥，欢欣若狂。

## 第五辑

# 万般清雅，皆为闲适

"想必，人生来就是看风景的，看山看水，看花看草，看云卷云舒，看潮涨潮落，看世事人情，看生命瞬息，看开合之花，看清凉之木。但唯世上，有经不住细看的繁华，亦有亘久之寂寞。很多事，不必深究，只要内心有一处桃源，有一个执着的世界，那些扰攘，便都浑不在意，不损不移，亦毫不相关了。"

## 一方小院，几许闲情

才不过几日，小院的落叶又厚了一层，池塘的水也更绿了，鱼左左右右、来来回回。紫藤、蔷薇枝条猛长，于空中摇曳跌宕，在窄的廊亭、长的楼梯上形成好看的屏风与门拱，人常常要低头拂将过去，使绿意氤氲的小院多了几分意思。

这个不燥不热的夏秋之交，雨后的凉气和新洗的空气融合得恰到好处。人在被窝里睡觉沉实酣畅，若不是那麻头蛐蛐儿蹦进屋里叫唤着把人吵醒，真想在这凉意习习的簟席上一睡千年。

发呆是一种福分，懒惰也是。当细雨打湿窗台，风从花枝藤条间穿过，遥远的地方传来牛马摇动的颈下铃铛之声，两只不谙世事的小猫在屋子里撕咬成一团，人见怪不怪，迷迷糊糊地过了一天，直至愈加沉重的黑暗四面压过来，将小屋重重包围。

紫藤花架下置一老式藤椅，蔫蔫地蜷身向后一靠，于微光下翻看手机里的文字："多么伟大的作家，也不过只是书写个人的片面而已"，真是深刻，不论多大作家，多么有名气，终归都是一家之言。这样的话，一句顶一万句。

我等小文人，若是要点小聪明，把随性的事儿弄成精细活儿，或破或立，滴水不漏，皆是基本平常，若颠三倒四，只顺自己的意思，逞一时之快，也无可厚非，即便是说一些似是而非的话，左亦可，右亦可，只要说得巧妙，说得有趣，且又合乎情理，也自然无可挑剔。

像如今，写点随笔、日记，记录点日常生活，若有一言两语和人相亲，便拿去品咂，若毫无兴趣，弃之如敝履也未尝不可。可真要拿这样的闲碎言语当成教化人的物事，那是断断使不得的。希望看的人也怀着如此心情对待，这样大家都省去一些麻烦。

人生路七七八八，每个都是独立个体，以触角感知世界，有人挨着花，有人碰到刺，个体感悟皆不相同，这才是精彩。只是思想有深浅、境界有高低，满腹蝴蝶，能示于人者无二三，因此笔下又见功夫。拳不离手，曲不离口，勤加练习，再集人之智、扬己之长，字里行间才来得真实恳切。

栖居于这离尘绝世的一方小院，心里安宁，日子适意得不思进取。许真是到了老迈的年纪，没了折腾的精力，也没了折腾的心思，只一心求这安稳的生活。《北野武的小酒馆》讲："虽然辛苦，我还是会选择那种滚烫的人生。"不不不，宁愿寂寞，宁愿孤独，宁愿冰冻，也不想投身火海，云白山青，川行石立，朝为灌园，夕偃蓬庐，形同冷云，心飘事外，世亦不尘，海亦不苦，一年四季，一日三餐，万年不变也好。

身置闲处，心放静中，人生若如戏，只愿本色出演。

人之于世，常感恩这个世界，又厌倦这个世界，期待它，又恐惧它，愿每一天都是新鲜，又宁可窝在旧时光里不出来，在人之本性里寻求安逸，却又在被逼无奈里重操旧业，在孱弱无力与勉为其难间转换游走，起承转接严丝合缝。

精神的充实，身心的自由，人人皆想得之。然世间万事，哪是容易就有，都是历尽了风霜、雷霆，坚持到最后的赏赐。心有缺憾，才最知人性之冷暖，最懂世界之高低。

鱼虫鸟兽，万物混杂，千奇百怪，见怪不怪，有些事让人恶心，但吐着吐着，也就习惯了。世事戳心，读懂人性，便少一些失望切齿，多几分冷静自持。是非虽多，不染则无，权欲污浊，不沾则净。世间破事，与自己并无多少关联。

亦常想，昨日的风，今日的雨，明日的阳光雷霆，花草树木，鱼鸟虫兽，都会消失，不留一丝踪迹，万事万物，都将久别于世，谁也不能幸免。欢喜时忐忑不安，惶恐时又如坐针毡，交很多的朋友，挣很多的钱，赚取一点安全感，包裹住自己的真心，失去自己的生活，说到底都是尘世的可怜人。

静窥物理，闲养天和，历经风雨，依旧选择善良，对世界温柔以待，以心底之善悦纳他人、善待周遭，才是大大的风雅。淡看世间来去，静对人生浮沉，闲以修身，静以养性，把自己调适到一个安静平和的状态，可谓众生难寻之姿态。

多少道理，到最后一刻才能明白，多少爱恨，到最后一秒才愿撒手。如今已匆匆过了人生四十的分水岭，往前，费尽心思如何繁华，往后，千方百计过得安宁。是时候选择怎样过活了，其心若静，去哪里都是生活，去哪里都是一样地生活，旁人打扰不得。

人生不长，不把自己逼得太紧，留点松动，留点空隙，吹吹风，透透气。太坚不可摧的，倔强得很彻底，但阳光进不来，雨水进不来，歌声进不来，花香也进不来，会少了很多意思。迟开的几朵花，晚归的几只飞鸟，都腾出时间、耐心等待，卧一场大雪，喝一碗烈酒，大多寻常的日子里，有前进一寸的勇气，也有后退一尺的从容。

水中鱼，堂前风，六尺地，满庭芳。

窑洞的土色已不像夏日那般白得刺眼，深褐里泛着幽幽的光，树木和藤本的枝条自顶部斜坡垂下，凌乱慌张，百年孤独。小院，没有电视，也没有热水器，少了一些精致的东西，只将将够生活，留一点缺口，亦多一些期许。

日子不紧不慢，生活不忙不闲，屋檐青瓦，矮墙藤萝，杂花衰草，物色俱逸，鄙吝一消，俯仰进趋，皆从心所欲，散居尘外，心境清绝，不闻炎凉尔。

## 人最终都是孤独的

心闲物物幽，心动尘尘起。内心踏实安定的人，大多低调寡言，不刻意表现，亦无展示予人。沉稳得如一扇磨盘，没有媚姿，绝无俗态，心定如石，石不能言最可人。

常常就这样，雪下了，迎着；花开了，看着，心思简单，心眼也不多。若有人还猜来猜去，说高深得看不透，就呵呵一笑，猜透猜不透，那是别人的事。如此这般，其实也是一种幸运。曾收到一些不曾谋面之人的信息，语言谦和礼让，叙说内心的困惑，希望我"指点一二"。但因琐事缠身，没能及时回复，很快便收到那人的再次来信，言辞激烈，指责我名气不大，却倨傲无礼，永生不再对我关注。若人家先礼后兵，我只能退避三舍。顷刻内心释然，得大庆幸。

话收回来。

如今已是夏深，蚊虫茂盛。给胳膊、手爪、脖子、脚踝洒了很多花露水，才敢去院子看花，菊花五彩斑斓，但与在秋霜中的气象相较还是萎了一些，火红的凌霄花开得正繁，沿斑驳的墙头爬下来，一朵朵，一串串，一簇簇，撒娇般地嘟着嘴巴，妖娆多姿又风情万种，我们不在家的时候，她们就安静地待在母亲针线匾旁边，看母亲做活计，听母亲说话。

紫红紫红的鸡冠花在太阳下特别耀眼，一层一层、满头的褶皱，难道不热吗？蜀葵是村里最"贱"的花，籽在哪里被风吹落，它就在哪里生根开花，开得到处都是，一片一片的，在微风里招摇，可农人们从不会多看它们一眼。我想起城里公园种的一片花，牡丹也好，薰衣草也好，那些人好像没见过似的，都去看花，把公园里里外外围得水泄不通。人挨挨挤挤，人声鼎沸，嘈杂繁闹，有什么意思。这乡下，安静悠闲，无须邀约，亦有乱花入眼，杂草沁心。

清晨自然醒转，披衣入院，净水洗面，余事不睬，暂去墙角，看海棠开了几朵，再泡杯浓茶，向院子一坐，无事静坐，消磨时光。时值仲夏，酷热难消，浮李沉瓜，人生乐事，偶有一阵清风袭来，吹得肌肤微凉，汗意顿消。石器、绿苔、书卷、细草、几竿竹、一树松，清风拂栏，草木葳蕤，皆是清心之物、婉转之意。即便前路茫茫，却不必慌张，世间便宜占尽。

村里开小超市的有好几家，门虚掩着，墙壁、货架、桌面、地上和拐角处满满当当都是货物，冰柜里雪糕、饮料、啤酒不一而足，干完活的汗流浃背的男人们去给自己买冰镇的汉斯干啤回来，两元五角一瓶，再蹲在屋檐下，点一支烟抽着，世界就圆满了，很自得。

隔壁堂叔是建昌爷的小儿子。虽是堂叔，但比我只大三岁，他在县城做焊工，每天干完活开着"蹦蹦车"回家，但在家待不住，瞅住机会就钻到对面的麻将馆里，看看东位的停牌没，南位的手里会不会放胡，锅里的牌下去了几张，还总想找机会上去摸两把。婶娘最怕他打牌，把他看得很紧，一会儿不见就出来寻，寻的时候不说其他话，只是没好气地喊一声，"不要看咧，赶紧回家吃饭"。他一边答应着，一边推倒手里的牌，恋恋不舍地从场子里退了出来。

父亲用甘肃的枸杞、陕北的红枣泡了四斤太白，两天后酒色胭红，接了一小盅品尝，味道醇甜。每天吃饭时和父亲喝点。但只允许喝两杯，监督很严，半口也不能多喝。最近父亲也很自觉，喝完两杯，乖乖将酒杯口朝下，扣在桌上。母亲也非细致人，都是任性惯了的，她是家里的天，什么都管。

新土豆下来，黄皮，麻点，粘着点土渣儿，放在案板下，一不小心就踢得满地乱滚。母亲将土豆、豆角和猪肉炖着吃，端上了餐桌，特别香。窗外的绿荫太浓密，将小路遮得严丝合缝，一些不知名的藤蔓沿着电线四处乱爬。

喜欢这样的一日三餐，粗茶淡饭，不求，不争，不攀高，不踩低，没有被人高看两眼，也不被低看两眼，席卷所有名缰利锁，和我的小黄狗、小懒猫，还有在晨光熹微的树枝上跳跃的鸟雀，颐养千年，做个什么都不懂的傻人，躲个省心，图个清净。安宁朴素地过自己有滋有味的生活。

你若爱，一碗粥都是诗意，怎样都是好的，万事皆是如此。时光若是在琳琅小院里老去，真是一种福分。经常写这样的文字，也挺难为情，因为总像是一种夸耀。

说到底，多好的关系，最后还得一个人走，人最终都是孤独的，不论爱恨情欲，不论何种方式，人用尽一生，都在想方设法排遣孤独，再学会在寂寞中享受孤独。

长风有时，起起落落，在不安的岁月中，从容面对生活的喧闹与急躁，虽是片刻，足已动人。

## 明月不减故人

最喜安静之夜，明月照心，清风挂帘。

夜深，繁花睡去，碗筷睡去，锄犁睡去，灯盏睡去，树影透过窗棂印上白墙，在案几上投下了斑驳的碎痕，月光推门，梨花满地白如雪，一番清远深美、岁月静好的唯美的意境。

风吹不跑调，月洗不薄词。于此光明月下，花自芬芳，披一身月色，你不言我不语，该安静的安静，该从容的从容。明月依旧，如一阕朴素的词，与我之前从不曾拥有的意外劈面相逢。

温一盏茶，于月下小坐，茶中见月，月下品茶，心境宽阔平和，眉目清凉安详，风一动，花香自来，虫鸣自来，露水沾衣，尽得闲散之意。

"幽堂昼深，清风忽来好伴；虚窗夜朗，明月不减故人。"厅堂幽静，白天显得特别深长，清风忽然而来，好像一位老朋友，打开的窗户透进夜色清朗，皎洁的月亮，和老朋友的情义一样，不减分毫。

清风朗月，无须一钱，却千层山万里路地赶来，这番深情厚意，这场磊落情怀，恰似故人悠悠。白头如新，倾盖如故，这故人，也定是知心解意、值得一念的老友，是大雪纷飞时的一根篱杖。

月华如练，旧人，旧物，旧事，旧梦，旧光阴，都在心里发着光，既光明又低调，从来那么遥远又从未如此走近，前尘往事，散发着微芒，真是一言难尽的迷人。

张玉娘的小词："山之高，月出小。月之小，何皎皎。我有所思在远道。一日不见兮，我心悄悄！"

知世间有一种爱，叫无言亦深情。于是爱上这"悄悄"二字。月朗星稀，花奔之宵，思念忽至，无声无息，心上之人白衣胜雪，繁花不惊，看过的风景，爱着的人，即便不说，那心事也是白纸上落墨，风知月晓。二十四桥，年年明月，那个披衣添茶的人，一直都藏在心里深深处，妥妥安放，心里的山山水水，花开满枝，只是悄然芬芳，只是不说啊。

"倚胡床，庾公楼外峰千朵。与谁同坐。明月清风我。"闲着无事，就靠坐着胡床，从庾公楼的窗子朝外远眺，只见诸峰如千朵鲜花开放。和谁一同倚坐？明月、清风、我。在别乘没来之前，苏轼一人独揽美景，花朝清风明月都属于他一个人，多么潇洒惬意。然而，"别乘一来，有唱应须和。还知么。自从添个。风月平分破"。别乘一来，两个人就平分这里的清风与明月吧，一人一半。日子闲慢，心情从容，月如好友，好友如月，美丽的月光增添了两人的友情和快乐，坡仙只言片语，却透着无尽的亲切可爱。

好风如水，明月如霜，从古至今，明月代表思念，思乡、思亲、思友，代表高洁的品质、广阔的情怀，也象征着人生的圆满与缺憾，寄予无限遐想。月亮静静地挂在天上，清纯而高远，好像日日相伴的老朋友，知晓你的心事。有人在花下与它饮酒，"花间一壶酒，独酌无相亲。举杯邀明月，对影成三人"。有人以它喻衬美人，"月出皎兮，佼人僚兮。舒窈纠兮，劳心悄兮"。有人与它互相做伴，"深林人不知，明月来相照"。

李白说："今人不见古时月，今月曾经照古人。"我们头顶上的这一轮明月，曾经陪李白喝过酒，抚慰过思念妻子的杜甫，陪苏轼度过了多少个长夜。

清风无别事，忽来动花影，拳拳心意，眷眷怀顾。其实，于月下赏花，赏的何尝不是一个人的爱；月下观物，观的何尝不是一个人的心；月下读信，读的何尝不是一个人的情，尘世碌碌，唯愿花好月圆，清风徐来，茶香悠然，花与茶各自生香，万般皆美。

行走在月光里，携一份孤独，一份安静，心越来愈越亮。半世尘埃拂去，一低眉，是淡淡的花开；一挥手，是细细的清风；一顿足，是一身不可捉摸的迷藏。于明月当空、万物清宁之境，感悟一种大气，一种安定，一种肃静，一种清幽，一种静笃，生一副苍茫旷寂的慈悲的心肠，而后，以清心看世间万物、俗常烟火，更觉深爱。

月光之下，世界变得如此美好，嘈杂的生活好似也会变得可爱可亲，只因为内心有一道月光的指引和照亮，世事浮沉，名缰利锁，是非得失，都不那么重要了，活在当下，内心温柔，人间一切都值得。

清风拂尘，明月洗心，此时天地宽阔，如山野流泉，清水濯面。若有一丝烦恼，洗去了；有一些计较，洗去了；有一声喧哗，洗去了。

不与人争,不与世吵,洗了个干干净净、清清爽爽,山还是那道山,水还是那条水,月还是那轮月,只留下一份淡泊的情怀,一种清闲净美的心境。

不管岁月多长,人内心都当存一轮明月,照见最深处的自己,清风做客,草木飘香。书间芦花荡,心住白月光。

## 万般清雅，皆为闲适

生活的闲适有多种。雪夜煮茶，雨天读书，幽林抚琴，月下观花，随意一种，撞见了，便教人心摇神荡，生出欢喜来。

雨乃窗外事，书是心上好。雨来时，时而有声，时而无声，有声时淅淅沥沥，无声时天静地默，恍然间，人如孤鸿缥缈，四下无他人，入目只有你，烟雨尽处，天地一沙鸥，平添多少思绪。

到了一定年纪，难得知道自己所有的毛病，还坚持不改。毛笔练了月余，放下，学人唱歌，明知有些东西是靠天分的，在被打击之后，又去练硬笔，习字半月，又坚持不住，开始涉舞。终于知道，心勤身懒会害死人。

想想曾经的处境，心底亦知，爱好毕竟不等同于爱情，拿起来容易，放下来就不是那么回事了。我们大多数人没有办法畅快淋漓地活，免不了向一些无奈屈服和苟且。于是，心里因一份执着而有了格外的意思，隐于低处，享受平淡中的不完美，就成为一种智慧的心境。

草木有心，出于深谷，委身斗室，唯幽芳无减；猝然临之，无故加之，但波澜不惊。随年岁增长，大恸大喜、热情欢爱已悄然减退，唯对着花草执着，见山水痴心。晨听鸟喧，午后临风，月下折花，都是平常快慰事。

前些日子，杏花开了，兰花也开了；接着梨花开了，桃花开了，樱花也开了；现在还有芙蓉花、月季花、绣球花、牡丹花一茬茬开着，一下下美过去，美得灭尘绝世，唯有那个撑伞的瘦人儿，独立于细雨，读山川静默，品鸟声喧嚷，闻春风冷冷，呆立一朵花前，去艳羡一株植物，自生自灭，自开自落，无悲无伤，遵循天然，更迭代序。

有人来添谷米，喂食，挂于树枝笼中，鸟雀不断来食。园中鸟雀品种甚多，蓝色大尾巴鸟、小黑鸟、褐色的呆头鸟，不一而足。平时大多在枝头喧闹，去林里踱步，偶尔也蹿到林间小径上，人走过去，就呼啦一下全飞走。鸟儿的世界里，世界一定是它们的世界，人是入侵者，擅自闯入、惊扰了人家。否则，当你迎面而去，为何没有一只愿立于你的掌心，对你微笑，向你招摇。

细雨花香，流云飞鸟，闲适时，人的思绪和情绪，在情与物的相融相合里，得到缓解释放宣泄，生成一个理想的国度，于是，或斜阳深照，或晨露未晞，或清风习习，或小雪霏霏，读一卷书，临几行帖，夜深而卧，和风而眠，待远山初醒、花色渐新，以闲情陶冶心性，精神得以慰藉，人生即获另一种自在。

余世存《时间之书》述："年轻人，你的职责是平整土地，而非焦虑时光。你做三四月的事，在八九月自有答案。"恍然。无论何时何事，都不必携一颗焦虑的心四处乱闯，人生最大的奢侈富足，想来并非物质的累积，而是野鸟数声，闲云两片，心境悠然，便无一物不顺，无一事不快。

山川异域，风月同天。年光惊鸿，日辰尤短，寄万物以深爱，叹岁月之须臾匆匆。月夜，雪朝，花下，想想亦是迷人，若唯一人欣赏，无人同和，却又倍觉孤冷。人生路，崎岖且漫长，若是遇到一个知音人，好好相待才是正途。

人至老朽，精神大不如年少时，也无精力与外人辗转，春日里，却愿意穿过庭院小跑几步去看花，每日必去，看一朵花如何盛放，如何凋零，细雨蒙蒙里自然最有意境。人生跌宕，似乎都在这里了。美者自美。有深情的人，内心一直是善良且火热的，在自己的世界里盛放葳蕤。如这春日之花，只有人看花，花从不看人。她含苞也好，怒放也好，凋零也好，成泥也好，都只给自己看。不搔首不弄姿，走下枝头，也是飘飘荡荡，轻轻盈盈，一身从容之气。

情欲定然转淡，并非薄幸，而是情深且长，不轻易被外物吸引。转念时，不得不计算往后时日，一日便当一日过，结实地活于当下，不妄想，不蹉跎，不自寻烦恼，也不烦恼他人，才算是生活禅法。

吹灭读书灯，一身都是月。人皆愿以读书自养，但世事如流，哪有每日每晌的清净，不是无读书之地，便是无读书之境。舍得与放下，又是一言一语能左右？实则，读书不必卷册在手，孤影探笔山，时时刻刻去思，去悟，去怀想，原来人生无一日不在课书，无一时不在上学，书本是书，人心是书，花鸟虫鱼、山川自然皆是书。万事豁然通透，就没有放不下了。

世间总有赏不尽的繁华，也有尝不完的辛苦，若内心旖旎，穷山恶水也会云卷云舒。既然屋外雨声绵绵,索性居于一忘尘之处,素衣布履,温茶煮酒,一人晏坐亦可,与人闲谈亦可,拂袖间将时间打发出去,桃花、人面,在与岁月如磋如磨中荣盛与衰落。

  人生如江水,滔滔而去,风来听风,雨来赏雨,心有所往,才可用最安闲的心解开尘网,懦弱时有督责,迷失时有指南,得一份清闲之雅、清旷之致、清骨之兴,去营设一个最繁热的春天。

凡是遇见，皆有深意

## 静里滋味长

寻常村野，陋屋静园，蔷薇架下，只合读书。

读书有时，亦应有地。于此一安静之境，草木自长，碧水无波，对一阵清风，品一段小文，把时光揉磨进卷册中，心无旁骛时物我两忘，如细雨润花，清渠灌稻，风光时、失意处、孤寂中，皆有所悟、有所养、有所进，增益所不能。

人到了一定年纪与心境，温饱自足，便追寻精神上的富足，从礼乐以进德，事墨迹以精艺，读书卷以养心，乃闲适生活的一股清流。功名利禄，若高处不胜寒，就让它寒着去，放自己一马，去生活低处寻欢作乐，绿柳小桥，山石野趣，纸窗竹屋，人影燕坐，定是一幅绝美的图画。

很多力争上游的事，都交给年轻人去做，年纪大了，步子就缓一些、慢一点，来一次深呼吸，每天半小时慢跑，看一看沿途风景，日子细水长流地过，做一些有益身心的事，这总没坏处。在这个闹闹哄哄的世界，人们持有的淡然安宁的东西实在已经不多了。

乡野茅舍，锅灶盆罐，桌椅凳几，都是必备物事，家电没有几个。天一黑就睡觉，天刚亮就起床，豆角、香菜、土豆，在晨露未晞的园子里摘取一把把蔬菜，自己动手烹煮，认真地吃一顿饭，虔诚对待一份食物，一日三餐，简单又方便，时间无声流逝，一秒当成两秒花，所有堆积的日常都如此度过。

食罢一觉醒，起来两盏茶。平凡的日子不就是这样，没有诸多精彩、无常与跌宕，贯穿于中的细碎、烦琐占去了一大半。在思想日趋成熟、生活归于平淡的中年，需要以平和的心态，打理好日常，当然，也要在心里做一个长久的规划。

野径曲曲折折，田野层层叠叠，屋舍三三两两，人如珠子散于其中，良田、阡陌、美池、桑竹、务农、煮食、浣衣、理园、一方小院，远离嚣攘，无欲利缠身，逃脱凡尘羁累，容纳多少清欢，其乐无穷无尽，恍如世外桃源。

天下妙文，皆剔除功利，静心为之。冬读经，夏读史，秋读诸子，春读诸集。书择时而读，文择境而为。小院静谧可人，最适我等文人生息。下笔千言，宁拙毋巧，宁朴毋华，用意精深，语言平淡，精深使有味耐嚼，平淡使人人领悟，各用上一半功夫，才算是圆满。

几拳石，几盆蒲，几丛花，几杯茶，于此淡然安静之所，不受外物尘事浸染，仰瞻天地万物，感知倾听美物好事，如此细腻情怀思考生命万物，乃至通透达观。人生真谛，都在幽然独处时悟得，即便日常琐碎，似无新奇之处，但蕴含其中烟火气，文章风韵姿彩，尽在于此。

富贵再长久，百年亦烟消云散，人生最苦，在内心沾泥带水处。于权势利禄中趋炎附势蝇营狗苟，于声色犬马里案牍劳形迷失自己，世间多少烦琐事务令人困顿疲累，以身心消亡换取浮名，实乃天地间蠢物。一箪食，一豆羹，寒不出，暑不出，庇风雨自安小乐，百年人生，以闲适滋养肉身，陶冶情操，宁神静心，延年益寿，所谓"富贵之劳悴，不若安闲之贫贱"，诚不我欺也。

座中客少，鲜少与人往来，只一两个简单干净的朋友，若是来访，趁天气晴和，就并肩站一会儿，品一两杯清茶，你写字，我看花，择个空阔平坦的位置，拉两张矮凳，扯扯闲话，度过整整一个下午的时光。

有人问程颐，如何做学问，程颐说："且静坐。"《呻吟语》云："天地间真滋味，惟静者能尝得出；天地间真机括，惟静者能看得透；天地间真情景，惟静者能题得破。"

小园幽舍，万物静观皆自得，能读书，能修身，能悟道，能养志，能生慧。蓬窗竹屋，书香雅室，以物质简单自足，积存精神之财富，得天下第一等便宜。古之乐天、陶潜等人，以幽闲为雅，以读书为乐，以修心为尚，以养性为高，不徇利，不求名，澹然无营，俯仰自足，与奔竞钻营者相较，其生活态度情趣，高下已然分晓。

常于内心宽阔时慨然而思，人生安静清宁确是一种福气，人曾汲汲以求风雅深致的生活，把卷，挂画，抚琴，闻香，如此这般，所有巧饰反都成一种摆设，若内心惶惶，终无所归，又如何领略生活的丰富与静美，岂非缘木求鱼、本末倒置。万事通透，守真自处，看破世事，识得宇宙万物本原，只有在踏实安宁的土壤里，才能收获生活的美好。

这小小居室、书房，皆主人动手设计，不求绮丽华贵，简约悦目为上，置以素瓷、陶器、瓶炉，一件一物，皆以闲情滋养，以简静为风尚，繁简相宜，彰显主人品位与境界。

潜心造境，莫若潜心造静。静是一种事物本来的状态。岁月洪流里，于安静中体味生活的一切美好，抵抗时间催逼，如鸟旋于枝，鱼遨于水，花木荣枯，休养生息，自然天然，天真自如，过一个与别个不同，而又自得的日子，有趣又高级。

人世匆匆，路途茫茫，花开为春，花落为秋，抛开世俗，删繁就简，清居一处，享用片刻的安闲自在，让内心透出一丝光亮来，花、月、美人、香草、诗酒、翰墨，四时风雅，心静时观物，花亦风雅，月亦风雅，山川、饭食、美人、草木、诗酒、翰墨皆是风雅之物，皆有乐可享，有味可寻。

斜斜几行诗，弯弯一花枝，向岁月讨一段闲居时光，怀丘壑之思，悟山水之乐，品草木之香，隔尘绝世，清心乐志，任世间风雨交加，只在这尺寸之地，精进其才思，保养其精神，寻一点乐趣，享一番自在逍遥。

## 内心愈安静，灵魂愈葱茏

"重为轻根，静为躁君；轻则失根，躁则失君。"人安静时，脾胃心肺和全身器官都处于一种良性的调和均匀之态，古人倡导的"以静养生"，研习静坐之法便是如此，摒绝杂念，清静内守，不躁动，不妄耗，致虚极，守静笃，最宜养神。

三国时期养生专家嵇康曾在《养生论》中提出，"修性以保神，安心以全身"，主张"清虚静泰，少私寡欲"，以此摄生保健，益身长寿。如今之人常常修炼的气功与瑜伽之术，乃至修禅，虽在修炼方式和终极目的方面有所不同，亦都以调身、调息、调心的方法来达到入静状态。

安静，可谓一种适合生息的姿态，心无尘，花无色，时光停骤，不惊不扰，不忧不惧，不染风雨，不惹尘埃，万事皆空，面容平和，神不散乱，如入禅定。静能生慧，慧而可美。安静，是心灵的淡然，安静的时光，亦是人灵魂皈依的时辰。

柴米油盐酱醋茶，世间最暖的风景，是人间烟火，琴棋书画诗酒花，世间最雅的风物，是人间清欢，这些，只有在安静下来才能体会。

世间，有人喜追逐嗜血、角力厮杀、惊心动魄、生死时速，有人爱茫茫原野、苍山负雪、大千世界、寂静如卵，但千帆阅尽，仍需片刻的安宁，回到一日三餐，休养生息。你看这春光里的花儿，红白紫绿，千帆竞发，是彩色美，也是静态美。花儿不说话，不喧哗，偶尔轻轻随风摆动，便把人的心魄夺了去。这时的安静，是岁月安好，人亦无恙。

暮雪千山，潮起潮落，人这一生，诸事缠身，又如何能够无惊无惧、无悲无喜、无恨无憎，如此这般岂不成木头一块？

好比是呼吸吐纳，是雨露芬芳，在跌宕起伏的生活里，把自己调整到一个安静有序的状态，不大恸大喜、不狂不躁，给自己一个交代，给他人一份尊重，因而不为所动，不被所扰。

处世上，不拜高踩低，不与人争短长，在喧闹嘈杂的尘世里，能够寻觅到一丝精神的清凉，便是寻到了快乐的法门，灵魂的优雅，品质的恬淡，思想的高贵，因而，漩涡、激流，一切都自我净化清洁，归从于深远的平静。

静听堂前寒风起，岁暮落雪又翻书。临帖习字时蓦然懂得，世人为何总爱"宁静致远"四个字，恰似一个读书的妙人，藏书于室，亦藏富于心，外面风狂雨骤，她只安读闲书，手倦抛书，此情此景，此悟此怀，如花在野，如心离尘。那份安静聪慧，不施脂粉，自然天成，是灵魂上的素颜，是一种无与伦比的美好气质，亦是迷茫之中的顿悟，错误之后的忏悔，疲乏之后的休憩，是灵魂的深刻与从容。

实则，一个人做到安静并不容易，需内心强大，处事不慌，收放有度，游刃有余。因处得意时，常常忘乎所以，却恰恰成了浅薄的显露,穷形尽相。崇尚安静的人,给一束光亮,即便是在无底的深渊里,也会在心底里保存一线生机、保持坚强的希望,丢失了安静心的人,像是一条泅在岸边的鱼,即便你如何费力打捞,也是捞不上岸的。

"人生最好的境界,是丰富的安静。"一个人的力量越是强大,便越是摒弃喧嚷和嘈杂。安静的人坚守孤独,活在自己的世界里,热闹的人,钻进钻出,投机钻营,是为了生活在别人的世界里。安静的人从不大声炫耀,不制造动静,因为,她从不自卑,不浮躁,不虚荣,淡然从容,安静本身,就是对摧折、毁损、贬低、盛名、权势、金钱、功名、富贵、蝇营狗苟最大的不屑与嘲弄,就是一个人安身立命、做人处事最大的资本。

古语有云:"天地间,真滋味,唯静者,能尝得出。"万物静观皆自得。唯有放下了所有,才装下了所有。灵魂深处的东西,总是安静的,因为,是从高处落下来,从水里潜下来,从风口退出来,宽厚,清宁,包容,沉默,既不张扬,更不卖弄。

争名者于朝,争利者于市。唯安静之人,林中扫叶,园中灌花,耽溺书斋,满腹学识,心安意闲,志趣神清,与世情薄,与尘世疏,身居俗世,却不可与俗人同日而语。

浓妆淡抹,不如翰墨修身,偏爱那习练书法的女子,远离胭脂、浮华之事,散发出一种淡泊如菊的情怀与气场,脂粉之香,又何抵那一缕淡墨之香?浓妆艳抹,又何如白纸黑墨?墨法、笔法、章法、气韵,专心致志,静到极致,亦美入骨髓。

大千世界里，喧嚣让人心神不定，有曰：声色不清，是人之大病。心存浊滤，则生纷扰；心存清趣，则生雅致。樱花初绽时，于书房之中，或临帖，或洗墨，或闲读，或雅玩，或清赏，摒绝市噪声，只闻花墨之香，以静修身，以静致远，静，亦是对生命的最好安顿。

最喜山中寺庙的夜晚，诵经声已落，僧人们或已休憩，院内长椅落落，檐角上"玎玎玲玲"的风铃声，向着远方扩散，一缕月光穿过窗户，洒在木板、蒲团上，空气中只有檀香与静气。整个世界，仿佛融入了一种无尽的穿透里，通往智慧的彼岸。彼时的心，似风摇不动，雨打不湿，不逐纷扰，也无利欲，不凉不沸，安定下来。

内心愈安静，灵魂愈葱茏。安静，是时间偷不走的美好气质，是岁月予人的最大慈悲。

## 吾之所爱，皆是平凡

就这么低低地过活，像挤在墙角里一丝不经意的风。

花瓣覆盖黑瓦，偶有几只飘落地面，格子窗透露出一角天空的蓝，阳光闪亮，满树繁华，枝叶间远近深浅明暗的层次交替变幻，夏正日渐饱满成熟，一切美好，随处可见。

这不冷不热的日子，徒手采摘一瓯洋槐花，清水淘洗，和面粉搅拌，又以火蒸，备简单餐饭，饱腹足之欲。鸟雀来去，吞衔谷米飞虫，檐下小猫，俯首躬身，以最自然的姿态哺食。万物，均以温饱为要，每每享受其中，虽是最低，但已足够，其他身外之物，思虑一番，似乎竟成多余。

吃罢无事，和村民打牌，输两百作罢，拎一壶茉莉于山坡独坐。岭上白云，婀娜多姿，春风荡漾，日暖生烟，麦苗翻滚，碧波万顷，茂林山野，尘嚣尽散，胸怀陡然开阔。原来，内心的娴静轻盈，可抵生活里诸多繁杂喧闹。

转眼就过了四十多个年头，虽不能说老，但再也不能往年轻堆里钻。这个不上不下的年纪，似乎历尽了人情冷暖、世道沧桑，被岁月打磨得平滑如石卵，一直不敢回望，这些年顶风冒雪的自己，是怎样一步步走到了现在。

多少回了，一个人崩溃，又一个人自愈，肠子拧成结，又捋成绳，这一路走来呀，最不容易的就是自己了，多少度的酒，才配得上纷至沓来的辛酸，多么大的委屈，才挣得这千军万马的人生道理。

实在太难了。世界将我们伤了又伤，我们将自己藏了又藏，到如今，都化成了一脸的平静与淡然，于堂前观花，于风中饮茶，没有人从风轻云淡里看见艰难的曾经，也没有人从吊儿郎当里看见内心深处的一本正经。

想来，人生这玩意儿，就是拿来感慨与唏嘘的。一生的短暂与漫长、细密与疏狂、欢聚与痛别，都安放妥帖，放声地笑过，纵声地哭过，心里的伤，肚里的委屈，有多少，鬼知道。

世之所见，没有完美之事，没有不带伤之人。既然，人过的日子，必是一日遇佛，一日遇魔，于是，夏日明媚，秋天萧瑟，春日温和，冬日浪漫，都予人以深刻体验。于是，我们在春天怀念冬雪，在夏天期待落叶，在秋日钟情繁花，在冬日深深恋盼春来，在每一个起风的日子，去执着地守候一份安宁静好。

尘归尘，土归土，一切都按捺下来。人生里的晦暗时刻，大多须独自面对，除了坚韧，别无选择。到了下半场，你愿意为之付出时间与精力的，必定是心之所向且全力奔赴。

日升日落，花开花谢，云卷云舒，缘起缘灭，人生就是一次次地迎来送往，总该不断调整自己，接受每一个越走越近，也悦纳每一个渐行渐远，每一个日子都是生活，每一条道路都是体味，既然没有谁能陪完全程，那就独自一人，照看好内心，慢慢地走，坚定地行。

年深日久，习惯于一个人，很久不说一句话，常常沉默好半天。起风、落雨、月上、雪来，都随其意思，只作壁上观。消却一些壮怀激烈，多了一份踏实从容，一壶酒，一溪云，一卷书，一拳石，一池水，什么都可以来，什么都可以走，无痴无嗔，无欲无求，默然经受太阳的强烈，静心感受水波的暖柔。无聊或有趣，一日又一日。

一个人什么都不做，也可以丰富地生活，这是一种气象。

世事难平，有人虚虚实实，有人实实在在，有人迷迷糊糊，有人明明白白，有人先知先觉，有人后知后觉，相较下来，不知不觉者，饥来餐饭困来眠，乐陶陶，又何其幸哉。

门庭洁雅，室庐清靓，有竹百竿，有香一炉，不扣那富儿门，亦不随那肥马尘，与热闹保持距离，与喧嚣分道扬镳，与孤独平安相处，与平凡合二为一。静坐、品饮、莳花，都是必修功课，不疾不缓，与俗世相交，不惹尘埃，得生活里的"空儿"，修得养生之法门，若能活百年之久，谁去争一时高低。

我等为文之人，皆愿辞庙堂之高，觅江湖之远，造阁营舍筑院，高堂广榭，曲房奥室，依山傍水，屋舍布置，书房陈设，精当扼要，不求奢华，居有长物，暂消尘虑，醉心经营一个清赏闲趣的物态环境，高不攀，低不踩，以平和安静的状态，最接近自然的心境，探索内心最深处之归隐。瓦屋红窗，清泉绿茶，二三人共饮，聊一些无关紧要的天，就是最愉快的事，酸辣苦咸，世间百味，皆可奉酒。

很多事情都看明白了。人这一辈子，草木也是，鱼虫也是，鸟兽也是，难免有缺憾，有不足，皆靠内心的清透与丰富消弭。吃过了苦，尝过了甜，走过了繁华，走过了寂寞，渐渐懂得，内心安稳，才是最大的富足。

把日子过好，微妙地生活，风是不一样的风，饭是不同的饭，茶是不一样的茶，万事万物，投以审美的眼光，可照亮生活里每一个细节。人世滔滔，我们都是行者，四时更迭，芳草绵延，山涧鸟鸣，万千风景，品淡中乐，得闲中趣，生活明朗，万物可爱，吾之所爱，皆是平凡。

所谓平凡，无非粗茶淡饭，褐衣布履，堂前人烟冷落，檐下鸟雀盈门，钱无几个，花草满庭，细枝末节，无波少澜，生活闲慢，却温柔恰好，淘淘乐乐，尽是天真模样，这样的日子，是红尘，亦是仙界。

我平生，心正似，白云闲。以出世之心，为入世之事，生活清幽，日子平淡，种种物事，皆成颐心养性之法，薄田几亩，桑麻几分，躬耕田垄，浇园灌花，眼清目澈，心无机事，情趣有寄，百般可乐。

余生，愿卸下姿态，以笔撰之香，遣尽日之空，以闲花之色，消身心之疲，锅中有食，桌上有茶，枕边有书，修竹为乐，煮茶为欢，饱食晏眠，安闲度日，风月再无牵累。

## 在小日子里怦然心动

　　成长的过程，是渐渐接受自己的平凡和渺小，还能保持谦卑与热情，深爱周遭，即使空无一人，还能保持灵魂的饱满丰盈，实现自我快乐。

　　常读文章，亦觉得世上有好文可读真乃可喜的事，天上地下，江河湖海，虫鸟鱼虾，日常精微，皆入目悦心，若你手捧书卷，于摇椅上，倦了、累了，书落人寐，有一条毛毯轻覆于膝腿，便是十全十美，圆满之极。然而，好事岂能凭空而来，但凡修成正果的，大多经历九九八十一难，却不能为人道其一二。

　　万物生有时，长有时，死有时，更迭代序，皆是自然，种子不会一直做种子，花开是景，花落也是景。你若看见一个人的痴呆傻蛮癫狂，但当他偶尔闪光的时候，就万分令人感动，静待花开，要多一份耐心和坚持。

　　一成不变，即使不遭旁人厌弃，自己亦会厌烦，生活可以困顿，精神一定不能萎靡，在苦日子里笑出声来，是一种智慧，也是一种情操。"世人所难得者唯趣"，如嵇康爱琴、陆羽好茶、苏轼癖砚、米芾拜石，在一两样爱好里颐养性灵，给平淡的生活佐以调味，在玩物时心性归省，体味自由之身，达无拘之境。无拘束，则豁达，则悦己。

　　很多时候，无言胜有言，一个小情趣、小温暖，抵得住一万个大道理。你正水深火热之中,有人言之凿凿,让你想开放下,那种"栏杆拍遍,无人会,登临意"更叫人病入膏肓,恰若一人递给你手中热茶,暖一个荷包蛋,即便是默默无言,亦觉贴心温暖。那些没有设身处地不咸不淡不痛不痒不温不火的夸夸之言,多年以后,时间自会让其面红耳赤。

"山中何所有,岭上多白云,只可自怡悦,不堪持赠君。"生活的秘密就是,每个人都活在自己的世界中,内心生活是不能与人分享的。大不如小,小不如细,细不如无。每个人境遇不同,千丝万缕的纠葛缠绕的情感,最好也不要轻易去评说。说千言万语,莫如走千山万水。朋友相处或是如此,彼此靠近,却保持适度距离,别人自在,自己也舒服。

一些人,你再努力追赶,也走不到同一条路,你若按照自己的步调,志同道合者自然而至。这句话的意思是,不管你多优秀,也不能占尽所有春光,总有人忽视你、不屑于你,不管你多平凡,也总有人关心你、深爱你。有人好美酒,有人好珍馐,有人归田园,有人遁山林,一个人能做到心静如水,内心一定强大到无法无天,于是,千山万水、千难万险,通通笑纳。

清闲无事,坐卧随心。群居不如独处,安静得远胜热闹处。锦衣玉食,不必内心安宁,粗茶淡饭,却有一段天然佳趣。爱热闹的,繁华落尽、空无一人时,感觉自己竟然沦落到一无所有;而一个人安静时,却拥有了充实的精神世界和坚忍的意志。百年时光,人生的滋味,大多需要独自品味。

若真的要有圈子，就给自己一个干净的小圈子。四方小院，高桌矮凳，花香袭来，明月相照，与一人品茶，与两人把酒，远离声色犬马，往来俱是清流，那样的交往，知心知情知意，纯粹、纯洁、纯净，也纯美。

这世上，拜高踩低，欺诈尔虞，明争暗斗，都逃不过"名利"二字。年纪大了，懂得世事如流，眼里看得，心里懂得，却不必放得。与世事交杯，不如与花对坐；与红尘缠绵，不如与草纠葛。内心有诗，生命中的美好就在不经意中与你劈面相逢。构一斗室，游心案头，清心阅书，读一篇颐心之文，观几句伶俐之语，格局豁然开阔，一身俗骨，不免轻盈几分，抑或青山白水，轻舟载酒，境随心转，尘灰尽洗，品之思之快之乐之，不胜快哉。

人年岁越大，心志却越来越小。瓦房错落的小乡村，青砖砌成的小屋子，纳四季风景的小院落，过过自己这不长进的小日子，莫名得意。

若读到"朝为田舍郎，暮登天子堂"，也只是笑笑，安守本分，心早已经定定地落了下来，身体和心性一般，都不如原来要强了。城市生活，自有它的鲜花着锦，功名富贵，也自有它的烈火烹油，自己就这样了，偏偏爱这清水素面、白菜豆腐，只合过这平淡无奇的小日子，在这安静的乡里小院拈花弄草、饲鸟养猫，折腾点小动静，获得些小高兴。

闲来无事，琢磨着今天的花瓶，是插月季，还是插茉莉，饭食是吃粗粮，还是炖鸡汤，"无竹令人俗，无肉使人瘦；不俗又不瘦，竹笋焖猪肉"。其实，不仅是新上市的小竹笋，亦有山野之地带来的芦笋，清炒、蘸酱，滋味皆是妙极，可意不可言矣。

"厚重的人生，与生活的好奇，世间万物的喜悲之心，轻描淡写地藏在一茶一盏，一饭一蔬中。"采采流水，蓬蓬远山，小屋花窗，自给自足，风月自赊，当一个人深味了这烟火日常的滋味，就会偎在自己的小日子里怦然心动。

白墙，灰瓦，红门，青砖，带着清香的衣服晾晒在阳光里，生活安静得不知所以。泡一壶闲茶，独坐在绿苔滋长的木窗下，看枝叶婆娑的蔷薇从墙角、从屋顶匆匆而来，与微风相欢相嬉，屋内飘出食物的味道，弥漫在不紧不慢的步调里，布衣菜饭，可乐终生。小日子，在粗茶淡饭中活色生香，而那个掌勺的厨子，就是一起走过柴米油盐岁月的可心人。

渐渐注重养生了。饮食变得清淡，过滤庞杂烦琐，内心清净平和，常做一些悠闲清寂之事，春花秋月都看惯了，若是无雨，傍晚一定是要去公园散步的，一呼一吸，吐陈纳新，很多烦琐之事就恍若云烟了。

## 闲读养精神

闲时读高光村太郎的《山之四季》，写山雪、山花，写夏日食事，语言浅显纯白，内心广阔干净，文风散逸清新，有一种不闻世事的意思，很是欣赏。之后了解，他曾在创作上有过一些不好的事，便有了不愿卒读的立场。

读书随心而为。喜欢就读，不喜欢就放下。信手翻开，若有摇心之字句辞章，便坐下来细细玩味。今日须读三分之一，后日须读完一本，一年之内定啃完几大名著，只是想着就甚觉疲累劳人。

读书自然是好的。《小窗幽记》云："读书不独变气质，且改精神。"读书也要淡泊，舍弃功利之心。打坐时心系一处，不能思想杂乱。读书也是这样。若存了太多目的与功利，把读书当成一个苦差事，原本静笃无骛的事情搞得剑拔弩张密不透风，书便成了锁住人的一副镣铐，人置身其中，即便卷册在握，心亦如孤舟，精神依然在流浪，游走在漂泊不定里，心神涣散，气泄针芒。若不是为了获得生存或生活的工具与技能，如此读书，精神层面便得不到滋养，仅仅以"有用"的判法死啃活吞，而忽视了"无用"的闲读滋养自己精神，不仅束缚了性灵，精神层面也得不到大富足。

读书的滋味需细细品咂。不同的书，就像是风情各异的女子，有清雅可人者，妖艳多姿者，清新婉约者，大气从容者，温柔妥帖者，若还左顾右盼，无心读书，仅证明尚未相逢到适合你的那一款。

"木末芙蓉花，山中发红萼。涧户寂无人，纷纷开且落。""空山新雨后，天气晚来秋。明月松间照，清泉石上流。"我常在手边放一本王维的诗词，无喜无悲，自然淡远，诗中有画，画中有禅，读之使人物我两忘，如老僧入定。读他笔下的白石，绿蒲，碧玉，清水，好山好水好物，看得你眼睛里都冒出凉气，像被山泉洗过一样清凉干净。他是"诗佛"，把大自然中一刹那间的纷纭动向，写得静美、澄旷、寂悦。

也偏爱日本清少纳言的《枕草子》。纳言趁百无聊赖之际，记录下许多趣事，或许落笔之时并未指望世人去看，仅予以整理书记，然则后人无论何时读取，它都像一个小巧明净的可人儿，一个个人物，脾气，心性，就摆在那儿，迷死人。

沈复的《浮生六记》，交友，郊游，闺房，烟花，柳巷，精致，有趣，伤感，布艺菜饭，可乐终身，这才是活生生的生活，真有味儿呀。

桌几，案头，厕所，枕边，放几本规格不同、色彩各异的书，闲时信手一翻，繁华场，过眼烟云，名利场，稍纵即逝。

读书，"只合在细雨小窗前，院落篱笆下，清风明月里，秋雨小窗前，泡一壶清茶，酿一缸子淡酒，慢慢品读"。闲读，更是怡情悦心。读文章，莫要囫囵吞枣，要可吐可纳可呼可吸，让自己透上一口气，直至游目骋怀、灵光顿生。观花有情，观物有道，观器有韵，只有不急不躁，不紧不慢，剔除内心芜杂之念，摆脱稻粱之谋，才能品

189

到书中滋味，身心感到愉悦，精神升华。

生活的面目本来如此，何必刻意为之。闲读，主要在于一个"闲"字。生活精致。风来听风，雨来观雨，雪来赏雪，读书便读书，门掩疏尘，捧一卷书，浮尘烦扰，便消去了一半。此时，心是闲的，身也是放松的。以文学养性情，以史实知往来，以哲学度迷津，读我所爱，爱吾所知，既得人间之大雅。

白居易有一首《不出门》诗，讲闭门读书之妙："鹤笼开处见君子，书卷展时逢故人。自静其心延寿命，无求于物长精神。"静心读书，不假于物，没有功利，不起波澜，不聒噪摇摆，不乱失态，精神在闲读中得滋养润泽，变得丰盛饱满，体现到气质里，举手投足之间就有了一份风雅之意。

人皆艳羡庄子的逍遥与自在，闲读则是一种境界，可得超越世间万象之洒脱性灵。黄庭坚言，三日不读书，便觉语言无味，面目可憎。临窗伏案，清心观书，书一定是要读的，但一定读自己感兴趣的、喜欢的书，心系一处，乐在其中，轻易便将喧嚣纷扰隔开了去。

书中风月好，山水有清音。读书，本是一件益事，找一无烦事滋扰的日子，于园中搬一竹椅，往树荫下一坐，握一卷册闲书，乃得人间大自在。

此时此刻，于荫荫夏木中闲读，如服决明子，清肝明目，消暑解热，平添多少意趣。

## 人生富足，大抵如此

人一上年纪，睡眠自然也少了，夜里会醒来几次，醒来时翻翻书，待倦意袭来，又清浅地睡去，习惯成自然，乃至清晨也无碍，扫尘、浇花、喂猫，照旧精神。且常在无事时倒立五分钟亦无不可，觉全身血脉通畅，清爽至极。

饮食清淡，少食多餐，餐饭少盐，不在酒筵间逡巡，无事读书、写字、散步，把身体照看好，日子弥长一些，再多做几篇文章。

我等小民，想来并无宏图大志，唯觉"人生在世，吃穿二事"，归根结底，还是内心要快乐。穿衣吃饭必不可少，但在必需之外，也要有精神的欢愉，二者皆不可荒废。汪曾祺在《人间草木》中说："人活着，一定要爱着点什么。"若谢安之山，子猷之竹，陶潜之菊，李白之酒，卢仝之茶，林逋之梅，米芾之石，以物养志，寄闲托情，皆令人向往。

钱财不多，快乐却不少。晨霜覆盖枯草时，自瓮中取出腌菜，锅里煮白粥，准备一顿早餐。雪来时，泡一杯热腾腾的红茶，依在炭炉边，吃上好的柿饼，看玻璃窗外屋顶渐白，村庄亦被遮盖，不知不觉天就黑了下来。春天里，草莓熟了，樱桃也熟了，一茬一茬，就按老法子，炮制甜甜的果子酒收藏，来人时拿出啜饮，不一会儿，脸颊红了，话也多了，极为有趣。

人说，雪之妙在不积，云之妙在不留，月之妙在圆缺，着实不错。万事哪有圆满，悲喜从来相伴随形，有人却只要快乐，抛弃悲伤，想想亦是缘木求鱼，终归不可得也。此时当下，做喜欢之事，爱当爱之人，干干净净，纯纯粹粹，一心一意，就是生活的禅法。何况，每天都有快乐事，也有不快乐事，只要存一份热心，曾历经过的一些不那么快乐，便也不值一提了。

要说喜好，读书算其一。常购得一怀书，粗略翻着，享受占有的愉悦，随之或抛诸脑后。过段时日，思想起来，又觉好书不该被冷落，便择一安静的时分，重又捧起细读，一字一句，心下悄然融化。落雨天，轩窗下，寻常生活，于旧书中栖身，于草木间怡情，闲看日影遁去，又何惧世间万般荒芜？

常言道："书与翰墨尤为风雅，若无二者，仍是俗骨一身。""松声、鹤声、煎茶声，皆声之至清，而读书声为最。"冬闲无他事，唯有读好书，多年来，自觉闲读之事，实为养心之处。

自知闲读无状。于卧榻、于案几、于石桌、于木椅、于茅厕、于庭院、于车马，无一不可。然为文之人，最终还需一处书房安置旧梦。"少陵诗，摩诘画；左传文，司马史；薛涛笺，右军帖；南华经，相如赋；屈子离骚，收古今绝艺，置我山窗。"集世间之妙，置吾书斋之中，何其惬意！

附庸者以物衬人，陶情者玩物见心。笔墨纸砚，案头清供，乃文人雅物，必不可少。至于清供之物，梅令人高、松令人逸、石令人古、炉令人谦,格物致知,心游物外,择善而赏,大可一一置办,瓶中插花,盆中养石,房中读书,似乎隔尘绝世,可陶性、可养情、可抒怀,心宁神静,逸趣自生。

茶事乃雅事,若内心安静之人为之,则更添风雅。茶予人之觉悟,便是谦和、温润、理性、包容,茶汤沸沸、茶烟轻飏中,感古物悠悠,悟人生渺渺,世间烦愁物事,也渐渐消散如云烟,唯有手中杯盏,积淀成生命里最深厚久长之况味。

冬日围炉煮酒,亦是妙事,红炉坚炭,小壶慢筛,三两好友,推杯换盏,言笑晏晏,清谈娓娓,诵声琅琅,不觉竟日。最喜天晚欲雪时,邀一知心之人,青灯如豆,围炉温酒,长歌复醉,共叙尘缘。

人间风月,万紫千红,有幸只做个寻常村落小户人家女子。姿色平平,亦无其他过人之处,四行诗,两盏茶,一卷书,只在无事时体味自然,铺陈出生活的最深滋味。

心上有个人,活着才精神。平常时光,感谢那些看得上、那些不离分,那些无数枯寒岁月里缭绕的一朵祥云,让柴米油盐变成风花雪月,一日三餐过成了正经事儿,在坛坛罐罐、小瓮大缸中得过且过,快然自足。

想必,人生来就是看风景的,看山看水,看花看草,看云卷云舒,看潮涨潮落,看世事人情,看生命瞬息,看开合之花,看清凉之木。但唯世上,有经不住细看的繁华,亦有亘久之寂寞。很多事,不必深究,只要内心有一处桃源,有一个执着的世界,那些扰攘,便都浑不在意,不损不移,亦毫不相关了。

清人张潮的《幽梦影》云:"闲则能读书,闲则能游名胜,闲则能交益友,闲则能饮酒,闲则能著书。天下之乐孰大于是?"生活里,以养花之态自养,以调鹤之情自调,则风清日闲,事事皆美,由此说来,一生里的正经事儿,或皆是日常闲事。

我等凡人,深居一室,焚香一炉,闲书一卷,清茶一杯,习艺课字,为文读经,茶事,花事,食事,物事,时时,事事,处处,生命的丰饶意味,融入诸般生活细节,既得闲养,亦得清心,人生富足,大抵如此。

## 第六辑

## 人生百味，如何自得

"人这一生，走千条万条路，见各色各类人，经万紫千红事，然后在一个毫不起眼的日子，风轻云淡地放下，养成自己的精神气度。"

## 生活的品相

人生不如意事十之八九，可与人言者并无二三。但寻常处有闲情、荒凉处有风骨、清贫处有格调，一个有品相的人，活得才更像一个人。

苏轼可谓真正懂生活的人。40年的从政生涯，在朝做官、外任地方、贬谪流放，经历八州知州、三部尚书、四次贬谪、一任帝师，无论身居朝堂高位还是贬谪在外，都坚守本心、直而不随。

仕途几起几落，尝尽人生五味，与友人共游南山，友以蓼菜、新笋等野菜相待，他品尝后终于悟得——人间有味是清欢。

清欢，清淡的欢喜。清欢之好，是因为心灵的返璞归真，是"回首向来萧瑟处，也无风雨也无晴"的恬淡和自在，让生命回归到了最舒适的状态。

人交游、应酬，一路风尘仆仆，为尘事所累，我只高卧闲窗，半盏清茶，一卷诗书，慢斟细品，钟鼓馔玉、宝马雕车亦不艳羡，优哉游哉过生活，只一个"闲"字，便讨了万千便宜，闲字最贵，偷得浮生半日闲，那"闲"，都是"偷"来的啊。

清闲的心，一定是雅致而有味的，如木心先生说的，在冷冷清清中过得风风火火。

木心先生在嘈杂的世界保持着内心的平静和自足。19岁冬，他放弃了孙家大少爷的生活，挑着两大箱书上了莫干山，住着废弃的房屋。白天读书，晚上写文，常人的安定、温暖、丰富，他不要，他说，"我要凄清、孤独、单调的生活。"

为了一句诗，他拼了自己的命，遭受了牢狱之灾。别人眼里的无底深渊，他却当成自己内心世界的阔地，18个月的囚禁，66张纸面正背面都写满，足足65万字，他在《云雀叫了一整天》里写道，"我是一个在黑暗中大雪纷飞的人哪……"

雪愈大，心愈净，眼前无比黑暗，而他的内心却无比明亮。

年至50岁，他再次入狱，一蹲就是两年。很多人想，这位老头出狱时定会衣衫褴褛、邋遢不堪。可出狱那天，人们看到的木心，面带微笑，腰板坚挺，裤缝笔直，优雅极了。梁文道看他50多岁的照片，惊讶地说，"这哪里像是一个坐过牢的人，好奇怪，好奇怪的一个人"。

他说，岁月不饶人，我亦未曾饶过岁月。既然不能远离尘嚣，那么就坚守内心的干净，野渡无人舟自横，他就是那个出走半生，归来仍是少年的人。

世人都知梅难画。梅花是士人画，没有那股士人气，是画不出梅花的风骨的。但汪士慎笔下之梅，千花万蕊，神丰气清，墨淡趣足，有一股疏香冷气，俨然灞桥风雪中。汪士慎一生赤贫，拒绝热闹场合，喜欢清寂，欣赏空林踏叶，爱听古寺钟声，67岁双目失明，画梅乞米，贫寒困苦中，若非心境高洁、不入俗流，怎能画出此等风骨的梅花图？

天地苦寒，清梅独开，人生不如意十之八九，还有一两分要看老天心情，虽是"自笑成孤调，难堪入世尘"，但汪先生的淡定从容、心有明月怎能不叫人赏与敬？热闹处白云清风，寂寞处亦清风透骨，无论何时都干净清朗，响当当一位精神上的贵族。

大事难事，看担当；顺境逆境，看胸襟；临喜临怒，看涵养；群行群止，看识见。人生难免有一些拂意事，人在屋檐下，亦难免要低头，但无论何时，都要保持内心的一处圣地，留存一线精神的风骨。看一个人，不仅要看他春风得意时的样子，也要看他山穷水尽时的气象。顺境时安逸舒适，是谦逊为人、低调做事，还是盛气凌人、飞扬跋扈，逆境中内忧外困，是丧失本心、不择手段，还是襟怀落落、保持初心一片。

东晋陶渊明曾经很想在官场上一展宏图，但是不愿和那些不学无术的人同流合污，在当彭泽县令八十多天后辞职而去，他的辞赋《归去来兮辞》，表露了不随波逐流的决心和回归田园后的乐趣，"富贵非吾愿，帝乡不可期。怀良辰以孤往，或植杖而耘耔。登东皋以舒啸，临清流而赋诗"。

村上春树的《寻羊冒险记》中有一句话："尽管这世界平庸且百无聊赖，但毕竟是我的世界。"尽管这个世界并非遍地春花，但我们生存在这个世界，依附于这个世界，既然无法改变，那就坦然接受，热爱生活，为了活着本身和我们自己。

我等凡人，更需在日常的不快乐里，寻一快乐之法，顺境不得意，逆境不怨忿，处逆境时，抑郁、愤懑、憎恶、恶言无异于雪上加霜，却于事无补。有曰："宝贵贫贱，总难称意，知足即为称意；山水花竹，无恒主人，得闲便是主人。"苦中寻乐，苦中作乐，亦不失为一种向上之精神。

给心腾出一些空间，消减那些可有可无的欲望，庄子讲"虚室生白，吉祥止止"，一个人的心胸就是一间房屋，越是空无，就越明亮，越是沉静，就越清晰，同样越是堆满成见或贪欲，就越黑暗昏沉糊涂。虚与静，是难得的美好情怀品质。

陋室读书，临窗写字，听松涛阵阵，赏檐雨连绵，一个心怀清欢的人，能面对风花雪月的浪漫，也能独对一地鸡毛的惨淡。陷身于世网尘劳，困厄于名缰利锁，不如浮华褪尽后的一份简单、一份纯粹。愿在日常的小日子里，素手折梅，种草莳花，看山看云看水看鸟，养一份审美，修一份情怀，等一朵心灵之花慢慢绽放。

内心有风景，尘世不荒凉。一个人最好的样子，就是活得像个人样，生活的品相，就是有品相地生活。

## 有一种美好叫虚度时光

立秋刚过,雨就不紧不慢淅淅沥沥下了好几天,村里人没事可做,也无处可去,就进了杂货铺的麻将馆打牌。

父亲打牌不仅挑地方,还挑人,70岁的人了,却嫌杂货铺牌场都是老年人,出牌太慢。他要选对面那家,多半是年轻人,热闹,有气氛。

小院继续修整,狗窝也未搭建好,父亲将小家伙挪到土墙的夹缝之间,那里干爽温暖,两条小狗偶尔抬头看看雨,大多数时间在睡大觉。对面家院子里出生了三个月的两条小黑狗,两只大耳朵耷拉下来覆盖小小的身体,卷毛太长没有打理,几乎遮掩住了眼睛和鼻子嘴,像个小叫花子一样,很是搞笑。每次我经过,它们还偏偏要对我"吱吱吱吱"地叫上一通,我一回头,它们又向后退着躲开。我蹲下来,也作势对着它们汪汪地喊两声,它们就顺着门缝儿出溜到自己院子里,再不出来了。

从窑洞里寻了砍好的树枝,开始制作衣架。结实的椿木,天然的树杈,刚好用来挂衣服。用凿子去皮,打磨,底座没有做,就暂时插在石杵里,衬上灰色的水泥背景墙,别说,还真的有点那个意思。那个枝桠差点被爷爷拿去劈柴的老榆树根,在电锯、凿子、榔头、砂纸的反复雕琢、打理下，朽木剔除，外形逐渐显露出来，一只独眼乌龟，一只展翅雏鹰，其他平展之处，待收拾妥当，置放茶壶茶具，当别有一番情趣。

好几次感冒都是从嗓子发炎开始的，只是最初不以为然，最后蔓延到头疼鼻塞，开了利君沙、咽速宁，等熬过几天才会转好。但如今感冒严重，只能前院后院走走，看别人干活，帮不上忙，自觉厌烦，就溜达出去不在人旁逡巡。人病的时候，脑袋沉得像坠了块大石头，脑袋昏沉，鼻塞严重，呼吸又不畅，不住打喷嚏，眼睛肿胀，且有泪水不断从眼里溢出，睡时像是醒着，醒时又像在梦游，很是难受。

听雨声滴滴答答，一滴滴连续打在破缸烂瓮上，当当地响。平时喜欢雨天，如今甚至觉得嘈杂。两株葫芦被风刮倒在地上，碧玉般的葫芦娃娃都伏在地面，看着真是可惜。我蹲下身摘了五六个，用草绳缚住挂在墙上。

爬墙虎把砖瓦矮墙遮蔽得严严实实，蓖麻结了满满的籽，被砍伐过的老树根生了肥大的褐色木耳，小黄花、小红花们艳艳地开着，柿子又开始红了，一切都被雨水滋润得生机勃勃且内容精细。

院里最不好的就是蚊虫太多，且生命力旺盛，你想要消灭它们，它们总是顽强拼搏，向你叫嚣挑衅，你提着蚊虫拍到处寻它时，却只闻其声，不见其影，你坐下来，它又在你脸上耳旁停驻滋扰，这种且战且走、敌疲我打、敌退我扰的狂妄行为尤为可憎。

长在窑洞上的擎天柏有几只雀窝，无雨时，雀一会儿成群飞起穿梭，一会儿又沉寂下来，一会儿在天际划离弦般的线条。天空干净明朗。此时，只闻到"叽叽喳喳"的声音，没有见到鸟的影，怕是躲在窝里享着天伦。

这时节爷竟然穿着薄棉袄，戴上了皮帽子，我问涝池旁修庙的事，他神秘地告诉我，多年前有人把神像打破了，被当成粪扬到了地里，后来那家人一直不顺，屋里还出现了长虫，长虫就是蛇，现在村长组织大家修庙了，村里上上下下都捐了。

父亲随了三百元份子，我准备再捐助一些书。几个年纪大的老人都在张罗修庙的事。我去看时，婆婆们燃着香，让跪下磕几个头，说以后爷像就能保佑我了。

这些婆婆、爷爷年轻的时候，我还是小破孩，如今我人至中年，他们有的枯瘦如柴，有的病痛缠身，仅靠积德行善，对天老爷的一点期待，安静地等待人生的转折。和爷闲聊了几句。他用大铁锅烧了开水，灌了水壶，剩下的倒盆子里，兑了些凉水，手搅了搅，探温度合适，打开收音机，开始听戏，泡脚。

原来的破窑洞如今也整修得有模有样，宽宽敞敞冬暖夏凉的两间大房，干干净净，竟还有几只蛐蛐在里面唱歌，夜里唱，白天也唱。要说这蛐蛐，身似闲云，游于世外，不知秋之已至，不理人间是非，只顾终日展歌，处处皆是一片欢声，心下竟是无比艳羡起来。

小院一方，有茶自饮，有酒候客，有琴书消忧，池塘只缺两只锦鲤。畅想往后就在这里喂鱼读书，养性抒怀，得天地自然之乐，生命履痕所及，精神安放之所，尽在这院落草木之间也。

雨越下越大，几日前撒在院子里的香菜籽，已经冒了绿芽，水哗哗往外面流去，堆在墙边的青砖、青石，在绿水的洗淋下，发出好看的微光。午休时间，矮小清瘦的父亲和衣躺在炕上，发出均匀轻微的鼾声。

生活，常常就像是一个不圆满的合集。树木茂盛，躲不过的炙热，百草生发，害虫也滋生，秋叶虽好，凛冬将至，雪覆山河，寒冷彻骨，细雨伴乌云，秋雨多雷电。日子在不知不觉里悄然流逝，毛茸茸的小鸡仔转眼变成屁股肥大的老母鸡，猫一窝狗一窝地生息繁衍，花开花落，夏收冬藏，人在不饶人的岁月中，深切感受着周遭的一草一木。

我靠墙斜倚在屋檐下，发着呆，有意思没意思的，一晃一天就过去了。

## 人生百味，如何自得

世事本不可阅遍，是看不到头的，俗世烟火，胸中激荡，沾染尘埃，烦恼顿生，一时春风得意，或一时折戟沉沙，都不会永远作数，一路走走停停，丢丢捡捡，得得失失，皆是自然，不能求全，只图个心神安稳罢了。

想来这一生，生儿育女，劳心劳力，费神费思，苦也苦了，乐也乐了，有振臂千仞之时，亦有斯人独憔悴之日，乐与苦，不说对半开，最少也是三七开，而人就是靠那三分乐撑着往下走的。很多时候，强求别人是费心不讨好的愚笨做法，不如改变自己比较容易，若是别人所为不能入眼入耳，便把自己做到尽力。

凡事尽力而为，却有个天命确然，你做了自己的那一份，接下来的事便与你无关，求本是执念，强求更是，于是和快乐擦肩不识。世间有人亦同于你，否则哪有"岁月静好"与"现世安稳"？若拿二者相较，还是更钟情一个"稳"字。

然而，人生百味，如何自得？

杨绛先生在她一百岁生日那天说道："我心静如水，我该平和地迎接每一天，准备回家。"如此达观通透，乃是多少年的修炼得来，才能够做到万事平和，超然于外物。

人混迹于世，多少事摇拨得人心静不得，花开不闻香，菜妙不知味，一门心思地扑进了那投机钻营里，固然混得冠冕堂皇，心却如热镬之蚁，又如何得安稳之妙？

百年光景，看似时日多多，实则一晃而过，童少青中老，每个时期都有自己必做的功课，待这些功课一一做完，才发现留给自己的时日已屈指可数。荣华，花间露水，富贵，草上之霜，浮名，过耳厉风，其实，万事求个心神安稳，上对得起父母，下尽好本分，能帮助的帮助，该关照的关照，凡此种种，你还能求什么？人生不如意十之八九，但支撑着人走下去，还要常想一二不是？

烦恼处处有，不想自然无。人活一辈子，也就是一个清水洗心的过程。有卷堪读，有画堪赏，有物堪玩，以冰雪清心，越洗越净，不置尘埃，甚如琉璃般通透，毫无芥蒂，才活得清爽利落，自在舒适。心若存有安顿之所，何愁生命没有归处？

清心寡欲，狂心顿歇，歇即菩提，若得菩提，坐便是坐，喝便是喝，睡便是睡，赤子之心，平淡天真，不枝不蔓，波澜不惊。所以说，人这一辈子，无须做大而无当之事，不羡他人起高楼，只要自己简单快活，三分流水，两分花香，胜于一切花红柳绿、庞杂繁芜。

人的气质在于修养，快乐之法门在于经营，调素琴，阅金经，读绎理文章，或杖藜蹑屐，去往深山老寺，观绿草青禾，听晨钟暮鼓，闻流水之声，养眼怡情悦心，静到极致，便是欢喜。初夏之照眼榴花，隆冬之苍山负雪，爱这春的明媚，也受得住冬的荫翳，将一生的芳菲，滋养在平和淡定的心绪里。

苏轼有云,此心安处是吾乡。尘间嚣嚣,若万事不得求解,便静坐下来,念几声"阿弥陀佛",将市嘈之声隔弃于外,将散乱之心集纳于内,安定平衡,让散念消失,正念相继,便能心静。

室雅人和,书房亦是怡心之地。如刘禹锡之陋室,黄宾虹之石芝阁,涵养着冰心玉壶的美感。书斋,是文人雅士驰骋翰墨、逍遥自得、温柔香泽的佳室,或弄文,或习字,或踱步,或吟诵,或闲读,或把玩清赏,或细嗅书香,不逐纷扰,也无利欲,如花在野,如心离尘,且只是想想,亦令人沁香浥露。

借物悦心,实则自古有之,静室焚香,亦为闲中雅趣。屠隆的《考槃馀事·香笺》里有曰:"香之为用,其利最溥。物外高隐,坐语道德,焚之可以清心悦神。四更残月,兴味萧骚,焚之可以畅怀舒啸。晴窗塌帖,挥尘闲吟,温灯夜读,焚以远辟睡魔。谓古伴月可也。红袖在侧,秘语谈私,执手拥炉,焚以熏心热意。"焚幽雅冲澹之香馔,可收敛心神,于有形无形之间调息、通鼻、开窍、调和身心,调平和淡静之心,以造桃源之境。

除过读书、焚香,据《太平清话》,还有试茶、洗砚、鼓琴、校书、候月、听雨、浇花、高卧、勘方、经行、负暄、钓鱼、对画、漱泉、支杖、礼佛、尝酒、晏坐、看山、临帖、刻竹、喂鹤,皆一人独享之乐。

世间千万种,自在之心最是难得,当你放下了一切,泯灭虚名,消除欲念,专注于一朵小花、一粒石子、一卷佛经,"天地有大美而不言"，便悄然感叹于造物主的伟大，忽觉深爱上这世间万物，灵魂就获得无上的超脱与自由。譬如今日手中之文章，不向往那些华丽绚烂，孜孜以求的最好的作品，就是当下的生活，心头无事，得江湖之远，阅尽人间清欢，一个谦卑渺小的生命能够快活地过一辈子，便是人间大美也。

不在这冉冉的春日里绿得晃眼、红得惊心，薄薄清晨，粗衣布履，一人一车，去往山野茂林、碧草清泉间吐故纳新，拿出手机，拍下猫猫狗狗花花草草，抓住身边的小美好，才真的是赚到了，抑或此刻在这油菜花开的村庄，心神笃定，半卷闲书，一瓯浓茶，微尘尽去，做一个闲散的清淡客，把时光蹉跎了去。

## 风高兴，雨高兴，人也高兴

平淡的日子并无可炫耀之处，然又自得其乐，恰是这种理所当然的不求上进，让人得意又惭愧。

村里综合商店门口挤满了人，一桌安静地抹纸牌，另一桌俩老头下棋，杀了一盘又杀一盘，谁也不肯认输，头顶颀长的"综合商店"四个仿宋体字，油漆斑驳，有二十世纪五六十年代的味道。

天空辽阔高远，偶有只鸟飞过，一根根电线横空穿越，虫噬蔷薇只剩枝条独自凌乱，树叶枯黄，匝地乱舞，瓜架萎落下去，这个季节的小院，开始有点破败的迹象，当然，这是自然规律赐予小院的印记，神奇而温暖。

秋日将尽，飞虫在空中飘浮、交媾，老梧桐于庭院独立，执拗的树枝依然交错，但那花已没了气象，大朵大朵缩减下去，银杏树金黄金黄的，将钱币撒满周围，想收买风，但无济于事。最灿烂之时，也是衰落之初，谁也不能更改。

开水泡的普洱茶膏，在冷风里冒着热气，霉苔一寸寸爬上了细习的竹帘，深一下浅一下。它是怎么来的呢，不知道，像这浅淡的文字，没有一个形容词。人坐在午后的风里，一口口喝着茶，日子慢悠悠的，只是平淡的陈述句。

马上到冬天了，冬天一到，一年也就过去了，一转眼，就晃过去了好多年，年深日久的岁月里，踯躅过，彷徨过，蹦跶过，拼命过，热闹过，最后还是归于一个人的安静。

这看不出来有多好，但也没什么不好，重要的是将内心照顾得妥妥帖帖。别在爱恨情仇里纠葛、功名利禄里翻滚后，蓦一回头，会说，"天哪，那个人真的好可怜哦"。

这个年龄，莫再去谈爱了。说的意思是，余日所剩无几，空谈无用，只管投身去。爱你的人，不怕你是负担，不爱你的人，你也不会成为负担，但保险起见，别让自己成为任何人的负担。学会和自己愉快相处，是一辈子的课程和修行。千山万水，前路在前，若心上的那个人已经不再，就你上你的山，我过我的海，窗外风景，"唰"一下就过去了，爱过美过喜欢过，无须收藏。

漫长的生命里，人对自己的要求，一点点增加，对他人的期待，一点点降低，古人叫"律己宜带秋气，处世宜带春气"。事实上，年岁渐长，人一边将自己打造得越来越优秀，却越来越不自信，越是看得清楚，越是变得迷茫，越是意志坚定，就对很多事越来越不确定，一边追求快乐，一边失去了快乐，一边丢弃着，一边拾捡着，嚼糠咽菜，却满脸汗水地笑了，富贵加身，却泪流满面地哭了。

生活的包容性，不允许单纯快乐的存在。那些并生的伤痛、挫折、悲哀，与这些花草树木并无区别，都构成了美，保持快乐，或许无能为力，但又难能可贵，万般滋味，皆是生活。

过自己的日子，不打扰别人，别人也有别人的事。有些事，若一时半会儿解决不了，就不去了了。事不管你，它过它的，不信你回头看看，那些过不去的事都——从你身旁过去，不知不觉，你就熬过了很多难熬的岁月。

人生的滋味，只有经历了才能体会，有些道理，懂得太早，反而不好。这墙斑驳的老屋，没有岁月走过的痕迹和创伤，如何生出拙朴宽静温暖引人的气质，没挣扎过、煎熬过、疼痛过的内心，也没有味道。

花一季一季，人一茬一茬，村落还是村落，每日有炊烟升起，无论外面如何动乱，院内总安然有序，主妇们精心打算着柴米油盐。江山风月，人间烟火，躲进一方小院，四时更迭，天地生息，日子静穆清幽，不求如诗，却是自在生活。

落叶积存下来，日久不扫，秋天到此一游，总要做点标记。竹影乱动，南风过墙，人在书房读书，听风卷叶的沙沙声，雨打残叶的梆梆声，风高兴，雨高兴，叶高兴，人也高兴，都是书中最美的诗句。

口味淡了，颈椎增生，爱清静了，渐渐知道，曾经的热闹繁复，都是远行，如今该回家了，前面的路越走越短，剩下的每一步，都不该被浪费。

不闻室外音，且饮杯中茶，偷得浮生半日闲，躲进小楼成一统，每个人心底，都该营造一个最安全的地方，当作退路和港湾，无论在外面多拼、多累，飞得多久、多远，都可以回来，落在自己的树枝上，梳理羽毛，暂作栖息。

开门万丈红尘，闭门山水之间，一杯清茶沐心，一卷闲书养心，一处小院安心，在一个避开尘世之所，看帘外乱雨跳入池塘、东风破了花容，与一两个来不迎、辞不送的朋友，起炭司茶，把盏清谈，消烦解闷，寄情天地，钻研书卷，打发一时是一时，长日清欢，身心无累，必要且应当。

最喜于暖风熏人的日子，猫在树下看鸟，鱼在池里活泼，日影在花开前到达，清风敲门，虫声涤耳，身着布褐，脚踩布履，头顶布帕，把剪刀、弄锄头，隔绝尘氛，醉心做个清晨理花的小老太，人坐绿丛中，花开满院子，人生漫漫，如此生活，不啻为清心艺事。

绿竹冷苔，明窗当户，糙墙木地，庭院干净朴素，房前花圃菜园，屋后细流涓涓，物物皆非苟设，事事兼具深情，历经岁月，依旧平淡天真、出拔常俗，主人必然不凡。

小院情深，容纳世味，若世事繁复，不可道尽，就于红尘里拂出一片净土，将自己安放在这一门一户当中，清风当户，明月煎茶，古卷修身，以销永日。

凡是遇见，皆有深意

## 这才是生活

　　天气转冷，虽未至三九，小院已然冻如冰窖，无法立足。实在无事可做。购置芍药花根，将离、小玉、公主、贵妃出浴，将这些好听的名字一一埋于土中，又恐雪寒冰冻，覆以薄膜，静待春日。

　　鱼儿似乎是藏起来了，枯叶下，石头缝，不见它摇头摆尾吮花啜叶，瞧了好久总也寻它不见。罢了，让它过些安静的时日也好。

　　近来公事繁忙，精神和体力均感不济，与小院久未邀约，但内心终究是牵挂的。在外千里驰骋，回来大门一闸，将自己安放于这廊亭楼台，字挂在墙上，茶煮在水中，人往椅上一靠，三分庄重，七分随意，如花在野，如心离尘，说不出的自在。

　　既然不擅迎来送往，就在这小院里，与山水交友，与草木谈心，从人际交往中节省下来的时间，做一些清心悦己之事，不说延年益寿，至少也得片刻欢愉。有时也想一个人往远处去，看看不同的山，不同的水，不同的民俗风情。一把年纪，阅历已攒够了，想要游历四方，见没见过的人，过没过过的桥，走没走过的路，看没看过的景。一年四季，像这样忙得没了自己，不知到底是图了个什么。

　　人至中年，工作，子女，父母，生活，万事都有了计较，样样都打理得妥妥帖帖，辛辛苦苦挣得几两碎银，多半不是花在自己身上，若不是为了养家糊口，定然要过一个与世无争的生活。既然很多事无法强求，不如看开了去，不论多紧迫，都要给自己留一丝缝隙，喘口气，歇个脚，若一味削尖脑袋钻营，即便满身珠宝，也是一个可怜之人。

石槽里的金钱草，下半截根茎已被冰死死冻住，纤细的枝条顶着尚且碧绿的圆叶抻在空里，东倒西歪，完全没了样子。布瓦、石头、廊柱、磨盘发出幽幽的光。人坐在露天的阳台，吹风，冥想。

难得有如此凛冽又清醒的时刻，身体与精神，总似分道扬镳、背道而驰，一个静默无声时，一个极度丰满。

人总是矛盾的，有时希望时间快一点，可以熬过诸多不可爱的时光，有时又希望时间越慢越好，可以在自己喜欢的事情里耗尽一生。一方挂着露水的菜畦，一只飘着麦香的馒头，一杯冒着热气的淡茶，一张清水无漆的木床，就足够支撑所有快乐。原来，人费尽一生，就是为了过一个平淡的生活。

生活越过越简。家中物什，少之又少，白墙无字，净木不饰，半窗一几，天寥地阔。家有小院，小院不必书斋，书斋有书，书亦不必常读，作为一种情怀和寄托，静静心，养养神，翻上一翻，足矣。

情欲爱恨这些东西，年纪越大也越轻浅。倒不是岁月多么静好，现世多么安稳，只是终觉世事繁杂，内心细小，实在难以承载。若有一人，包容你的狂野，也习惯你的安静，欣赏你的美好，也接受你的不拘小节，固然很好，若没有，也不要将就。体会一个人的孤独，也感受一个人的快乐，滋味更胜。一生里，总要路过别人，而后忘记，总要被别人路过，过不久也就被忘记了，恍然如梦，遗憾是遗憾，倒也没有什么过不去。

成长本就孤立无援。再多的人生道理，也消减不了彼时一丝一毫的伤心，但每次的悲伤疼痛，都可换得一个人生道理。人情世味，情爱生死，人活一辈子，难免要看透很多东西，风尘仆仆，热气腾腾，最后都要像水一样，平静，淡然，包容。

人这一生，走千条万条路，见各色各类人，经万紫千红事，然后在一个毫不起眼的日子，风轻云淡地放下，养成自己的精神气度。

都说要做自己，可总拿"自己"这个东西与他人相比，比着比着就没有了自己。骨子里有点固执的人，是很可爱的，玩自己的个性，就是要做喜欢的事，在某个点上就是不将就，活得才真是精彩。

闲时文章，一花一草，一山一石，一木一水，皆有意思，缀而成文，兴起写两笔，意无便搁置，都随心而为。天下大雨，不去关注雨有多急，何时停驻，只去欣赏庭院的花，池中的鱼，屋檐的水，一切都很美，等喝完茶，雨过天晴，好像一切都刚刚好。

这才是生活。

没有金银满箱，钱财满屋，没有高官厚禄，进爵封侯，只有一刻丰富的安静。容纳他人，自己快乐，其实就是在行善。

不和自己过不去了。以前贪杯，并非为喝醉，只是以为会变得快乐一些，谁料想会更后悔，既然是梦，迟早有醒的时候。人到了最后，或许只剩下了一包纸烟,一口热茶,一杯薄酒。甚至连这些都是奢侈的。一生里的短与长,真与假,都不去深味了,人生这口酒,本就是道不尽的呀。

人生如寄,流年迅疾,要足何时足,求闲何日闲?解甲归田,纵情山水,换取片刻安宁,方得世间万福。

## 心里不刮风，就是好日子

见一幅字挂曰：日日是好日。当时只觉这横物，简简单单、细细密密，素朴微喜，一下砸到人心上，有一种说不出的好。

后来，但凡心里搁了事，就絮叨着"日日是好日"。看阳光从浓密的枝叶间泻漏下来，在树影斑驳的林荫小径上走一走，心底那一丝不妥，还真散去不少。

日升日落，花开花谢，工作奔忙，吃饭睡觉，拉点闲话，操点闲心，日子流水般往返重复，味道的确是淡了些，说不上好或不好，甚或更趋无聊。

与人群居，也常觉不适。为名利东奔西走，为权势卑躬屈膝，汲汲戚戚，碌碌如螺，费尽心机，付半生精力，赚几两碎银，得一些家底。但曲终人散时，坐在金碧辉煌，心却空无着落，没一个安放之地。美酒佳肴，珍馐美馔，热闹再多，洪福再胜，也难解内心空洞疲劳。

人倾尽所有，终其一生，只为过一份适意的生活，心怀诗情，手执烟火。如今，物质已满足，然世界虽大，却无处藏心，饭菜食物滋养了生命，精神总无法安顿，乱乱惶惶，似乎成为一种常态。

万里深海终有底，五寸人心摸不透。一边想要自由，一边寻找归宿，人生似乎总难以圆满。

事可磨人。人世待久了，会变得很无畏，生死亦成平常。若是回头，看看往时小丑般可笑的自己，那就笑一笑，反正已经很久没有笑过了。

生活平平淡淡，日子迂迂回回，世事起起落落。

一生里，总想风风光光，可谁又能风光多久，想要万事得意，谁又能得意一辈子，到了最后，谁和谁又有多少不同。轰轰烈烈多少事，清清淡淡几人回，生活这事儿，再能够的人，也有无能为力的时候，穷途末路者，对过去念念不忘，志得意满者，看万事眼里皆有光。

世界繁华多姿，有人张牙舞爪，有人伏地而行，有人穿金戴银，有人布衣草履，每人都有自己的叙事方式，想来也无对错、好坏之分，看得惯与看不惯，于他人无碍，于自己亦不相关。

蓑笠孤舟，寒江独钓，人生纵然千姿百态，仍时时刻刻倍感孤独。江湖快意，终是烟云，内心漂泊，乃是命运，因了，消解孤独，治愈阴郁，便是一生的课题。

费时两载，筑舍建屋，亦为给自己寻个妥善之所，将这了无踪迹却顶顶重要的精神用以寄养。于是晨起漫步，赏青萝拂衣、绿竹入径，或植花务草，看绿芜绕墙、日淡芭蕉，细草如何在风雨里茂盛，花木如何在霜雪里生长，精神从而得长足脱尘、畅然爽落。

亦徒喜蒲。蒲爱清水，长自溪涧，根发白石，石淡叶细，具山林之气、幽美之致，置于桌案，目之所及，心清神怡，心上微尘，恍然轻轻拂去。

眼见花草在自己的经营下生发，内心愉悦。原本细小的蔷薇枝，如今枝梗也长得过分，长长地伸到楼梯，险些将人绊倒。玫瑰、月季，有大如拳头，有小若纽扣，根本分不出谁更惹人一些。

一日最美，莫过于清晨的山风和傍晚的云霞，以及细雨飘落的夜晚。安静地坐在屋檐下，雨打窗棂，风吹树叶，摇响天籁之声，满院花草，随风而动，却不言不语。夜色沉寂，勾勒出远山远树。人一坐就很久。

总在外奔忙，周末才去照看小院。花开时我不在，花谢了我才回来，有时也巧，回来时她恰好开了，就格外地欢喜，日子很安宁。半生里所有的遭遇和困苦，都似于此时全然消解。

这个年龄，屋舍布置越来越简，物什陈设精当扼要，性格亦愈加清冷孤僻，不愿往热闹处去，思欲亦大大减少。实则，不想心里住着虫子，夜夜起身，噬咬浊物以饱胃口。叠石，理园，艺茶，课书，日子平淡，生活简单，如若得道。

常自思忖，人生于世，与世上万物，关系说来也简单，无非对应与关照。以物照心，心乃物之心也，以心照物，物乃心之物也。两者一而二，二而一。日日不同，万物各异，江山风月，本无常主，或许，这才恰是生活的好玩之处，日子哪有好坏，好与不好，只在人心。

人行于天地，如花开于四野，水流于山川，鸟鸣于高枝，晴雨有时，生死有定，然晴也是好，雨也是好，雪也是好，要寻好日子，实则是顺其自然，晴天爱晴，雨天观雨，夏日赏荷，冬日听雪。了然此理，心也清净不少。

生活细碎，万物成诗，年久日深，白石绿苔，碧水游鱼，廊亭藤蔓，高檐矮墙，破缸烂瓮，翠竹青瓦，走着走着，即便什么都不推进，回头一看，曾经的那些不习惯和很别扭，那些以为活不过来的时光，只要死不了，都成了景。得意时寄情山水，颐养云水禅心，失意时委身山林，遣怀诗兴文才，款款落落，自然而然。

各人有各人的日子，各自有各自的活法。没有统一。人生漫漫，道阻且长，总该走一些不一样的路，经一些没经过的事。生活的律动，有光有影，有晴有雨，有左有右，滋味更胜。

独居小院，书桌一张，矮凳几个，有客可留，有书可读，寒不出，暑不出，雨不出，风不出，坐卧随心，行无约束，安享清福，是为陆地仙人。

恰值端午，小院静谧，雨落如筛，洒扫内屋，擦拭尘埃，点起香炉，一曲禅音丝丝缕缕，薄的棉被遮盖一场酣梦，清闲无事，坐卧随心。清风、微雨、天幕、花湿、鸟鸣、狗吠，清晨有点缱绻，夜晚忽然难舍，一缕莫名心绪挣扎翻腾，对美的不忍，对离的慌憾，如此意境，孰知是疼是喜。

余尝向往追寻内心的自由，自觉精神上的充盈丰满，胜过一切花红柳绿。灵魂生长，需要独处的空间，年岁渐长，这个层面上的东西，只能越来越向内求。

然静时一观，噫嘻，生活变成了生存，日子过成了式子，浓浓烈烈成了悄无声息，快快乐乐成了轻轻一哂，不是心不在焉，便是神不守舍，不是无所事事、行色匆匆，便是碌碌终日、怏怏如愁，生活熬得很苦。

山水有趣，小筑清欢，日子虽好，也要内心欢喜，若此生终究难以尽兴，何不求个平淡安详。

白花绿叶，浓酒淡茶，心有所养，身自能安，不求金银傍身，心里不刮风，便是好日子。

## 世态人情，可作书读，可当戏看

秋日午后，趁阳光正好，挪矮凳到院子一坐，泡一盏清香的茶。不读书，就看花，看草，看叶落，看天空。

风缓缓地吹，阳光温和，茶沸心静，日子就这么不惊不扰。

这个季节，满庭花树悄无声息萎落，冬日的寒气快马加鞭奔赴而来，人坐在院子，头发披散开，万年不变地煮水、喝茶，怎么就一点也不烦厌呢？

真是活得越来越小了，无关天地，无关他人，只管自己这三分地儿，一日三餐，喝茶弄草，养鱼看花，世事俗情，一概不论。

一小撮雏菊悄然于墙角葳蕤，干净的淡、明媚的黄，不记得之前栽种过，或是风吹过来的籽，于这背风处落土生根，满园萧瑟黯然里，只有她独自盛放，很是抢眼，予人意外之喜，便折了一枝置于茶席，以目相对，内心又多了两分欢喜。

花开花谢，本有时序，看得一时是一时，乐得一分是一分。

这段时日确是疲累，冗于琐务，数日不暇，身似浮萍，心无所安，能回到小院，怡个情，养个神，看个花，疗愈这一颗颇为翻腾的心，也是难得。说是回来看花，其实花开与不开，开得多少大小好坏，都不计较，只要有花开着，就很高兴。

离群不觉落寞，素居不会无味，有一件快乐事，就淡忘很多不好的事。如此说来，健忘也是一种养生之法。人无算计，事无机心，不争不抢，内心清淡安宁，平常的日子，却是千金也换不来的。

　　人生在世，百般思想，亦难免落入尘俗，如羁笼之鸟，越是挣扎，越是逃不脱，想要活得清清爽爽，却总逃不出是是非非。离开那个你不喜欢又离不开的地方，摆脱那种不想过又摆脱不了的生活，就成了多少人的痴心梦想。

　　世态人情，可作书读，可当戏看。若只顾睡觉、吃饭、谈情、玩耍，这些稀松平常的小事，却是最快乐的，而世间最快乐的，恰恰是那些心思简单的人。

　　静而不争。人在静的时候，许多道理一下子就明白了，豁然了然。多一分清闲，就少一分争斗，多一分清淡，就少一些纷扰，世间辩证法则就是如此，若要轰轰烈烈，就失去轻轻松松。一生里时间有限，能干的事并不多，短暂的岁月里，要尽量让自己活得快活一些。

　　槐叶轻圆，落了满地，风一吹，又于空中飞旋，旋而即落。随风而起，又随风而落，没有一丝犹疑，天地大美、四时明法、万物成理，似都蕴藏于这起起落落之间了。

　　俗世繁杂，烦难愁盼，多想一秒，多说一句，亦是浪费虚掷。人生在世，谁还没个委屈事儿，浮生渺渺，总是要咽下一些难过，吞进一些难忍，而后，把沉默变成一种智慧，让不言产生无穷的力量，伴随走过每一个晦暗的岁月。

无权无位，过得自在，有趣有味，活得快乐。看今日此时，风吹着你，你却留不住风，良辰美景，是驻是去，都是自然而然。你的精彩是别人的不屑，你的平淡是别人的艳羡，高高低低，河东河西，没个定数。如是，一个人的孤单，却胜过千万个人的热闹。

岁月从不对谁高抬贵手，不知不觉，时光就老了。草木凋零、山河萧索，万物不可避免走向衰败，人若能保持一颗快乐心、自在心，也不枉在这世间走上一遭。

梁启超讲：凡人必常常生活于趣味之中，生活才有价值。一日里最闲时，两三好友，听风吹树叶，看雨打芭蕉，说最不经心的话，做最好玩儿的事儿。半卷闲书，一壶清茶，无涉名利，只关风月，一砖一瓦，一池一鱼，皆有醉心之处。

朋友无须多，不在一个体系的，再费力也融合不到一起，分道扬镳成了早晚，两个三个，稀稀落落，声气相合，在或不在，说或不说，都是好的。

还是惧怕人多处，怕人问：开的什么车子？老公是做什么的？孩子上哪个大学？别人关注的，自己都没有。那些可有可无的来来往往里，把好不容易积攒的一点快乐都要赶跑了。很不好玩儿。

所有舒服的关系里，都是呼应和平衡，于树木花草，于霜雪雨水，于人事浮尘，都要个恰如其分，自然而然。

一直说要去功利心、得失心，为何？所谓功利心，就是时时刻刻千方百计，想要在最短的时间、最少的付出内获取最大利益。于是失去了那份呼应平衡，一切就乱了。庄子《达生篇》有云："以瓦注者巧，以钩注者惮，以黄金注者殙"。得失心重者，汲汲戚戚，患得患失，如挂钩之鱼，没有了自由，不得轻松，难以释然。就是此理。

"世味浓，不求忙而忙自至；世味淡，不偷闲而闲自来。"淡看俗世万般，闲情自会扑面而来。当然，我等心怀几分诗情的人，容易感知美好，也容易体验悲伤，若是长久陷入沉浸，对身子亦有损伤。偶尔糊涂一点，记性差一点，在苦里寻找一丝甜味，学会自适，生活就差不到哪里去。

《易·系辞上》讲："不出户庭，无咎。"百般奢侈，不如一方小院，栽花种草，艺文行乐，食馔烹煮，清而不闹，简而不繁，春读书，夏弈棋，秋检藏，冬饮酒，年岁时序在此更迭，内心的悠游自在畅快适意，谁又能比得上呢。

竹院茶烟，怡悦幽情，累了，就换一种活法儿，藏匿于山野，隐居于田园，松风穿庭，飞雪入户，人生有高低，我自无嗔喜，世味有浓淡，而我无欣厌，疏梅淡月，花开随意，有天有地，有柴有米，不徇利，不求名，只得一份安静质朴、欢喜自在。

千帆过尽，众鸟归林，世界令人伤情，小院给我快乐，午后闲来无事，写点世情人心，看一看，乐一乐。

## 一粒静心，可抵四方飞尘

风掠眉际，叶落深冬，蔷草阻道，以绳缚篱。天是一日日冷下来了。

铺厚褥，挂棉帘，抱来柴禾，生炉取暖，冬天就做冬天的事儿，不去想春暖花开的事情。

今日茶席：蒲垫一张，野花一朵，白茶一壶，外有，清风一缕，白雪两片，鸟鸣数声。风雅，清凉，质朴，欢喜，都扑面而来。想起"隔牖风惊竹，开门雪满山"的句子，那意境，孤绝、清凉，真是美到极致。

小院今冬的第一场雪。针脚细密、走线精准，缸、瓮、木勺、鱼塘、屋顶、露台、石磨、树干、墙头，都覆了白，薄薄的一层，洋洋洒洒铺开了去，无一处遗漏。

略略，稍稍，微微。不是大写意，却是小清新。小而净，静而美，沉吟如梦，恍如隔世，欲出非出，似露非露，恰好是她。

这院中人哪，一身无事，心中有诗，俗世做人，红尘炼心，心若不动，风又何为，便是一个中年女子，历经俗世烟熏火燎后的一颗向美之心。

可叹耗尽半生，一手为自己经营的苦差事，经载磨刀霍霍，一日刀下见菜，本欲笔下生花，最终却沦为喋喋不休呶呶不止的工具。别人一句随意的话，你要费了咯血的心，到了最后，也换不来个一二三。

再说这人事，有人左右逢源，将人际关系玩得是炉火纯青，有人八面玲珑，将所谓资源用得是游刃有余，你显你的神通，我逞我的威风。只可怜了那个木讷笨拙的，明明不是一个圈子，却为了生计颜面，不得不一起围围坐，一边惶恐不安，一边削足适履。扰扰攘攘，忙忙碌碌，清风朗月，苍藓盈阶，落花满径，松影参差，世界别样美好，自己却视而不见。每天都在生活，却不知什么才是生活，每天都在过日子，却没想过怎样才是好日子。

很多事，突然就不想将就了，不想费心了，一辈子，难得任性一回，任性得头也不回。那一刻，有多决然，就有多释然，有多绝义，就有多清爽。

人和人之间，忽然一下就凉了。年纪越大，越深刻感知人情交际的不堪，只想远远遁去，逃到这个小窝，等炉烟升起，端起自己的那一杯茶。其实，也并非不谙这人情世故，奈何世事浮杂、人情冷暖，那繁复与沉重，岂是一己之力能够承受的。历经多少疼痛磋磨换来的人生道理，遭受多少委屈无奈撑大的境界格局，实在不足与人来道。

如今，唯愿做个世外清闲人，以欢喜心受领岁月教诲，暂别尘嚣，逃离俗务，对一杯茶，一朵花，一尾鱼，湛然知足。

冬日朗朗，于老槐树下支张桌子，几样干净的小菜，两杯顺口的小酒，一份简单明了的感情，一方清净简朴的院子，一个醉心痴迷的爱好，一段平淡如水的日子，不在无尽奔波的旅途里徒耗生命，只在闲适宁静的安养里调适性情。

合我意者，我低眉以许，不如意者，我沉默以对。山园日静，花径风香，松竹花草，生生不息，愿在这竹树花影之间，忘却心神劳顿疲乏，滋养生活的余情，探讨心灵的归宿与安宁，照见最深处的自己。世事劳攘，一粒静心，可抵四方飞尘。

品茗，把卷，默坐，除尘，灌园。从热闹处失去的，最后在孤独里找回来，所有的风光，也最终在孤独里清偿。以心御物，心境自转，唯闲养性，尘目尽洗，以平和的心态，和世界交手，挨过了那些难熬的时光，也来静心品尝生活的深深妙意。

人生短暂，却给予很多个道理，从安身立命，到观照自己。当然选择也并非易事，有些看似轻松，却要用一生去奋争。于众人熙来攘往之外，置办一个院子，造一个小窝儿，劈柴种菜，一日三餐，闲敲棋子，虚度时光。待在方寸书屋，喝喝茶，看看书，随便写点什么，心里总是欢腾的。

好日子，日日都有，要有一颗会偷的心。雾霭飞花，细雨白雪，山川清流，拳石绿野，飞鸟流云，当下的一顿餐、一口茶、一个人、一本书，才恰好走到你面前。

春来芍药半亩，夏来茉莉两簇，秋日菊花几盆，冬日腊梅一株，林中野鸟数声，溪上闲云几片，一段夏日青青，一段冬雪莽莽，俯仰自得，无事劳心，若一定要寻一个归宿，小院便是最好的去处，如今是她,余生也是她。

　　檐落细雨,暖日晒窗,风穿庭堂,苔覆瓦上,竹间密雪轻轻,釜中松风飒飒,以草木之美,颐养淡然宁静之心,世事浮云何足问,不如高卧且加餐。若友人相坐,其交也淡泊,无谄事劳心,客人来席,以礼相伺,和而不流,树林阴翳,鸟声上下,天地自然,此乃一团和气。

　　日月如惊丸,人事如飞尘,一味营营役役,年久日深,身心疲累,生活也枯琐乏味,没了意思。书可读可不读,字可写可不写,文可做可不做,在欲望上做减法,不断减少对于外物的追求,不在五光十色的物质中沉湎,有事心定,无事心静,养生养心,清骨清心。

　　人生无常,来不得已,去非自愿,只有中间这三万多个日子里,令自己从容一点,纵然山高水长,内心有光,亦不复奢求。

　　"茅屋竹窗,一塌清风邀客;茶炉药灶,半帘明月窥人。"在自然的生动活泼里,卸下叠于身心的重重压力,收纳片刻欢愉,目送归鸿,手挥五弦,温酒吃茶,围炉夜话,一院清欢,一派天真,风雪凛冽,都挡于门外。

　　冬日即来,素雪纷飞之夜,月光,净牖,清风,梅香,备暖炉、淡茶,茶煎汤沸,且慢煮。

## 不必活得人尽皆知

李花、迎春、玉兰、樱花的味道，潜伏于空气，叮咚流淌。阳光柔软，对人爱答不理，生活细水长流，没有什么特别。当下，日子平平，未来，或许更是平平。

不经意间，减了许多日程，观影、散步、写字、弄花、扫尘、煮饭，安静做小事情，过自己的小日子，不必活得人尽皆知。每个平淡无波的日子，恰恰是最好的日子。

"若到江南赶上春，千万和春住。"北方的春天，清新、俗艳、狂野、幽冷兼具，一点也不差江南。人自腊月开始已经谋划春天的事了。粉龙爬藤，重瓣牡丹，老桩蔷薇，风车茉莉，不一下子全栽种，隔几日，栽两株，不着急，慢慢等待，慢慢享受等待。

活着活着，就成了别人眼里的"文人"。"文人"两个字，干净简洁，雅人深致，很是受用。这类人越活越傻，五六十岁，还关心养花务草，音乐诗画，脑子不再尖活灵动，只会做一些简单的事，择一闲处，清谈挥坐，举觞寄兴，执伞看花，听风饮茶，风月无累，不落俗尘，雅也好，俗也罢，是不在意被尘世笑话的，偶尔还会笑话笑话尘世。

土地平整得像一张绽开的纸，粉芍药、白牡丹、绿蔷薇、黄雏菊，全凭你怎么画了。粉莹莹的桃花在人头顶开着，开得真是艳冶，开到人的眼，也落到人的心，风一吹，花瓣就荡荡悠悠地飞，遍地都是。黑嘴的小黄狗见生人来，叫个不停，一会儿转头卧在屋檐下，一边晒太阳，一边远远望着主人，实在是悠闲。

日子安稳得一个字也不想写。想来这多年的苦苦打拼，为几两碎银，奔波劳顿，颠沛流离，积攒了一些资产，只是，春去春回，繁华靡丽，人生短暂，如厉风撤耳，如虫声消退，梦境般骤然逝去，如今，愿在这静然无波的小日子，这温和熏人的春风里，深深沉沦了去。

到底是过了半辈子，积累了一些处世的经验，也看破了一些人世的无常。天地间元素，散了，又重新排列、组合、移动、归位，鸟飞来飞去，云游走天外，雨忽停了又忽下了，河水干了又满了，草枯了又绿了，世界似乎很乱，但人生辗转，时光消逝，花依旧开着，风依旧刮着，水依然清澈，世间纷乱，原来也是一种秩序。

还是承认，貌似再强大得无死角的人，也有冲不破的网。一个沟一个坎地过着，现实的冰雹和朔风一下一下敲打着，在渐次退缩又重整山河的日子里，学会一点点生存的本领，悟得一点点生活的道理，借此行走于世，但若不是现实风雨太厉，谁何苦要顶风裹雨疾走奔赴？与其将这一生的道理参透，不如将眼前的日子过好。活于当下，乐于当下，心斋坐忘，喜悦自在。

二斤桃花酿成酒，半世红尘转头空。常常是看透了，勘破了，却放不下，毕竟这红尘浊世，既有负于你，也恩赐于你，生活有剥夺，也有馈赠，来来往往长长久久的时光里，情义亲爱，美景佳肴，最是难舍难离。

至于贫富，若岁月静好，现世安稳，其他倒也无妨。花长在哪里，都一样好看，水在哪里流淌，都一样潺潺，并无半分区别。想来人之所居，四根树木当柱，三尺茅草为顶，炉火、茶烟、清风俱佳，万事万物，依然可爱可亲。

"春游芳草地，夏赏绿荷池；秋饮黄花酒，冬吟白雪诗。"拥有一间古拙温厚的老宅，一处独立自由的空间，阔庭雅院，竹石相傍，远山近水，草色花香，得半日之闲，抵十年尘梦，文人燕客，精神皆有所养，一生余情，因万物深湛交融得以全然治愈。

人至中年，还有奉茶之心，定然有趣。若无爱可爱，身在人群，却像是行走于无人的旷野；若无守可守，满桌欢笑，却孤单得不能自已。人世孤冷，总应有寄。玩物便玩物，吃茶便吃茶，心系一处，怀瑾自持，把挫折过成曾经，身居浮世，才不会随风飘散，尘雾掩罩，亦不被泯灭于灰土。

生命里，难免有很多看似重要的事，但并不紧急。喝茶读书，临帖写字，可陶养清静；清泉白石，游于山野，可颐养身心。活着，不是为了生活的理想，是为了理想地生活。天雪时围炉煮茶，天热时吹风吃瓜，日常生活也是艺术境界，一年四季，一日三餐，一屋两人，而至精神的愉悦，这样的生活，才有了意味，有了意思。

越来越少去关注别人，腾出时间过自己，藤席、书画、矮凳、炕桌、茶盏，四面透风的亭，满是开花的院，一桌干净的餐饭，日子清幽,生活平淡,内心无悲无喜,文字越写越少,也没有关系,是写不出好的文章了,也写不了好的小楷,但内心可以一直快乐。

若笔底有明珠,任他浪掷闲抛,也是恰好。凡事观点越多,偏见越显,语言越多,误会越盛。闲来拼凑几个,权作无聊时消遣,无意为文,生活即是大文章,闲来作画,眼前人便是画中人。

不羡繁华,退守故居,诗酒琴棋客,风花雪月天,以物质生活安顿,以精神世界滋养,闲适度日,且心可寄,小日子有大欢喜,世界烦嚣杂乱,亦不丢盔卸甲,布衣草履,亦不形容枯槁,一蓑烟雨,一堆古卷,窗外闲云飞鸟,屋内茶炉书卷,怀揣一颗柔软心,爱到无限苍穹,饱食晏眠,心无机事,可乐终日。

春朝,一树碧绿,夏日,满院堆花,秋时,月洒窗棂,冬至,雪照庭户,四时风景,取用由心。把自己关在这里,攒无用之长物,赏无心之图画,不拘俗礼,情寄于闲,志游于艺,听雪落尽,待春归来,门外尘氛,想来与己并无多少干系。

## 活得高兴，才是人生大事

小院宜人，美好发生。

三棵葡萄藤，倒挂最后几串"绿宝石"，粒粒体态丰盈，薄霜尤带，真是美人胚子。在完成了营养水分供给使命后，它们宽大的叶子逐渐枯黄萎靡，于秋风中安然颔首。石槽里的铜钱草千军万马，像是要奔赴一场盛约，圆形的碗莲叶漂浮于池塘，一枝橘黄色老菊伸至水面，与它们静默相对。

收集了一堆盆盆罐罐，徒手刨土掬沙装罐，移栽了几株植物和多肉，仙人掌、金枝玉叶、观音莲、黑美人，几日后，见它们都好好地活了下来，青葱惹眼各自生姿，不禁多了两分欢喜。

有人说，世界上能真正体会生活之美好的人只有两种：孩子和看透世事的老者。一则是内心的纯洁干净的孩童，一则是阅历丰富的智者，皆是内心简单自在，不为外物俗情所困所绕。中年之人，有情，却不为情所累，深情，却不为情所伤，以闲花野草充实平淡日常，横竖算是一种自知。

或许真的是老了。春日万物生长，夏日百草丰茂，冬日白雪覆痕，唯爱这淡淡老秋色。日头还高高在天上，没有了热烈烈火辣辣，百年老槐兀自而立，偶于秋风里掉落几片叶，像是一种提示：知道吗，是秋了，是秋了呀！

　　风不凉也不燥，人站在里头，身心都是爽快的。后院的窑洞也柔情起来，土墙壁温温的，几株老槐树盘桓于窑口，如一位活了几百岁的老者，以他的斑驳、裂隙、苍老告诉世人，岁月不饶过谁，它也不曾饶了岁月。

　　回想过去的日子，再貌似完美的缝隙，都有无法扭转的无奈，那些似乎无法冲破的铜墙铁壁，静静等待，也能透过一丝光亮来。大多凡人，在平静的日常里掺杂一丝担忧，却在无限晦暗的日子里多存了一线希冀，这才将漆黑的日子渐渐走到了今日。

　　曲终人散，一人独对星月常作思忖，觉欢笑、热闹都恍然如昨，千年万年的孤独，才是生命常态，生活的根本，是要学会与自己相处。世间人来人往，不论山穷水尽、万水千山还是万紫千红，适当对待自己内心，以独立坚韧面对所有波诡云谲。

　　要说根子还是害在懒上。依然喜欢朴实无华的生活，清泉，白石，枯草、小院子、老家具和朴素的一切。所有的不张扬，不华丽，不热烈，低调，安宁，以及沉默，都让人内心妥帖安稳，对于热闹、光耀，内心总隔了一堵墙，不让越过来。

　　绿绒般的苔藓从缝隙里冒出，或横或竖或端或斜，印染于土石地面，不夺目，却是恰到好处的点缀，说是点缀，俨然又成了主角。"坐看苍苔色，欲上人衣来"，幽寂清冷，却生机勃发，这一片，那一片，草痕石痕，谁也挡不住，只是，它来去自如，只愿在潮湿、通风、微光下生长，若欲强求，反不可得。

一只红蜻蜓掠过池塘，暂立于荷叶，又振翅起飞。光滑柔细的紫檀矮凳光泽莹莹，人坐于其上喝茶，一手轻抚，一手翻看手机信息，世界安静得只剩下自己。阳光，清水，空气，餐饭，没有精彩故事，没有惊心动魄，平常得没有什么拿出来以供谈资，日常得简直叫人无话可说，可这恰恰就是真实的生活。

平凡之人，若是一座老屋，一个小院，家事顺遂，当下安宁，便希望安住现在，一切切勿变化。但大多时日，竟都在为生存、升迁、情爱、子女、养老某件事情忧愁，不由自主地为往后打算，以惶惶不可终日的安全感，去赚取足够自以为应付突如其来的万般变化的来日，真是可怜得紧。

日子过得越久，心就会越荒芜。有些疼痛，是因为放不下的爱恨，有些悲伤，是因为舍不掉的尘世纠葛。只是所有的热闹，到了最后，尘归尘，土归土，不了也终须了。一生里很多时候，鸡毛蒜皮占去了一大半，生也平凡、活也平淡、去也平常，像是早晨去了一趟集市，见了些琳琅满目市井百态，晚上又按时回来而已。

小院无言，静观一片树叶的脉络、走向，明亮、背阴、生长、茁壮、碧绿、枯黄、虫洞、卷缩、零落、化泥，一生短暂，转瞬即逝，可来年，又是一个新的它。一株植物，生死简单，活也简单，真是令人羡慕，我等凡人，若能够把人生种种都想通透了，便什么也懒得争了。

亦不必羡慕谁。每一道光束都有它的阴暗面，不是谁比谁过得有多好，只是不愿将伤痛示于人罢了。莫去掀开美好的帘子，是一种智慧。于是，我们努力布置生活，赏草木之色，管珍器之清，品器用之美，做成万事诸好的样子，以悦人愉己。如今，看透一切，还能坦然清欢，更为智者，心怀清趣味，人间很值得。

扫石月盈帚，滤泉花满筛，看人间的繁华穿过风、沐过雨、没过风尘，乐而不淫，哀而不伤，保持内心平和安静，才是一辈子的修行。人生，是需要静下来慢慢沉淀的。

如今，在熙来攘往外，营造这一僻静之所，竹帘，老瓮，黄花，绿树，青砖，皆成茫茫世间浑浑尘路安放身心的驿站。偷得片刻闲暇，泡一杯清茶，向小院里一坐，瓜架横空，花木茂盛，鱼鸟自忙，心情格外大好。

忙碌的生活缝隙里，让自己活得高兴，才是人生大事。